3つの詐欺の話です。
ジェンガが崩れてからが
本番です。

辻村深月

這是三個關於詐騙的故事。
當疊疊樂瓦解之後，
便是考驗的開始。

謊言疊疊樂

噓つきジェンガ

辻村深月

王蘊潔——譯

推薦序——

要說一個謊，你得先將真實放進去

影評人／重點就在括號裡

二〇一二年之前，辻村深月很忙：二〇〇四年以《時間停止的冰封校舍》獲得梅菲斯特賞並出道，雜誌、週刊小說連載從此邀約不斷。二〇一二年之後，辻村深月更忙了：前一年的《使者》拿到吉川英治文學新人獎，而那一年《沒有鑰匙的夢》獲得文壇指標獎項「直木賞」，多部作品影視化，辻村深月知名度也越來越高——連帶她也用「辻村深月」這個名字，做了許多有趣的事。

虛構世界的她，跨界到漫畫系列《文豪野犬》外傳小說，在某個平行宇宙裡，辻村深月成為了自己偶像綾辻行人的助手；而真實世界的她，跨界到動畫電影裡：她改編自己從小另一位偶像藤子・F・不二雄的原作，成為動畫電影《哆啦Ａ夢：大雄的月球探測記》的編劇。

關於創作，辻村深月在這兩位偶像身上，學到了兩個方法。在本格推理作家綾辻行人的小說裡，她領悟到推理小說怎麼帶給讀者驚喜：要在文字裡蓋出故事架構，再置入情節、鋪陳、轉折、揭曉。有了基礎，房子才能往上蓋；在藤子・F・不二雄的漫畫裡，她領悟到在奇幻裡「真實」的重要性：即使是奇幻故事，若是故事裡有寫實的事物或設定，就要盡可能地描寫仔細，越清楚就越有實體感，讀者也就越能相信作者創造的奇幻世界。

故事是靠細節撐起來的，書寫故事的小說家，透過文字將虛構的事物成真，如同說謊。如何讓對方相信「假象」？只要你放大謊言裡的真實細節，在虛構裡置入真實——真實的事物，真實的情感；有真有假，似真似假。水到渠成。最後，當受騙者知道謊言的謎底，就有了驚喜。

綾辻行人與藤子・F・不二雄，一位是新本格推理小說家的代表人物，一位是日本漫畫界的SF大師，從小就是他們粉絲的辻村深月，在兩位大師身上學到的事物其實很簡單：如何在故事裡「說謊」。

這本書的趣味就在此處：以三篇關於「詐騙」的短編小說〈2020年的感情詐騙〉、〈第五年的入學考試詐騙〉、〈名人沙龍詐騙〉組成的《謊言疊疊樂》，正是一本辻村深月作為擅於編織謊言的小說家，所寫的關於「謊言」的短篇小說集。

辻村深月刻畫角色心境細膩，第一篇描寫因疫情不得不成為詐騙集團成員的年輕大學生，第二篇描寫擔心孩子上不了好學校的媽媽，第三集描寫假冒知名漫畫家的熱衷粉絲。每一位角色的內心苦悶，在「欺騙」與「被騙」的情緒裡翻滾。辻村深月將他們的不安、憤怒、無力，這些情感織進謊言裡，讓它看起來格外真實。每個人都是一座孤島，而這座孤島上籠罩一層吹散不去的濃霧，謊言就是那層令人難受、充滿糾結的霧。

有些角色，明知自己在說謊，卻又忍不住在謊言裡置入自己的真實情感；有些角色，在欺騙的過程中不斷說服自己，最後發現自己才是最可悲、但也是最罪無可赦的受騙者。而最後取得他人信賴的說謊者，總會抱著「要是當初不要騙人就好了」的害怕心態繼續說謊，這種「早知如此，何必當初」的感受，又何嘗沒有浮現在每一位活在真實世界的普通人心中？

但人生有時就是這麼難，有些坎在人生選項裡，有些話不得不吐，有些謊卻又不得不講：謊言是傷害他人的災禍，但謊言，有時也是自我的救贖。而辻村深月的文字裡始終抱有的那份「溫柔」，成為謊言拆穿後的謎面裡，最細膩的感動。

這本書寫的是這些關於謊言的種種，也是辻村深月十年磨一劍，用故事精心疊出來的謊言疊疊樂，而她將那塊關鍵的積木藏在裡面，等待你抽出——請好好享受謊言倒塌的快感。

目錄

2020年的感情詐騙

因為疫情的壓力犯案？大學生向上班族施暴

五月二十四日，飯能分局逮捕了一名住在東京都內的男性大學生（十九歲），該名大學生涉嫌在埼玉縣飯能市的某戶住宅，傷害住在該住宅內的公司職員隈井健也（四十七歲）。

遭到逮捕的嫌犯在二十四日下午三點四十七分左右，闖入隈井先生家的院子，用棍棒多次毆打隈井先生的頭部和肩部，造成隈井先生需要一週療養才能痊癒的傷勢。男子犯案後逃離現場，但在傍晚六點二十分左右出現在東飯能車站，被巡邏中的員警發現，進而遭到逮捕。男子雖然承認自己犯案，但表明「我不想說明詳細情況」，自始至終對犯案動機三緘其口。

根據飯能分局的調查發現，隈井先生並不認識該男子，目前尚不知男子的犯案動機。辦案人員透露，遭到逮捕的男子三月從山形縣來到東京讀大學，受到新冠肺炎疫情的影響，學校停課，很可能因為整天被關在家中導致壓力暴增，做出無差別攻擊他人的行為。飯能分局目前正謹慎調查犯案動機。

——埼玉日報　五月二十五日早報

□

做夢都沒有想到，二〇二〇年的春天竟然是這種情況。

好不容易考上了大學，入學典禮竟然取消，根本無法想像大學生活竟然沒有迎新聯誼、學校停課，沒有社團活動，甚至沒辦法打工。

——接到媽媽的電話，說這個月匯入的生活費會減少一半時，加賀耀太有點心灰意冷，既茫然，又覺得無可奈何。

四月十八日。一個月前，東京等七個都道府縣發出的緊急事態宣言，進一步擴大到全國範圍的第三天早晨。

「阿耀，真是對不起。」

媽媽在電話彼端語帶歉意地說。聽到媽媽的這種聲音，他還來不及思考，就反射性地回答：

「沒關係。沒事啦，反正現在也不需要用什麼錢，妳不用擔心。」

「但是……」

聽到媽媽費力擠出的聲音，他感到心被揪緊。以前住在家裡時完全沒有任何感覺，但分隔兩地之後，就覺得父母的聲音聽起來和以前不一樣。為什麼會這樣？自己並不是所謂的孝子，父母也不是那種會特別為兒女著想的理想父母。

耀太的父母原本對兒子高中畢業後的發展並沒有特別的要求。他們在老家經營一家風評很不錯的定食餐廳，但並沒有要求耀太繼承那家餐廳。至於考大學這件事，因為其他同學也都報考了大學，耀太沒有多想，也跟著報了名，結果竟然考上了。

他比其他人提早參加了推薦入學的考試，順利通過時，他高興得手舞足蹈。他並不討厭老家，但前往一個不同的環境——可以去東京的新鮮預感，讓他興奮不已。

留在老家的同學——尤其是座位在他旁邊的橫井陽葵問他「真羨慕你，奧運的時候，我可以去找你玩嗎？」時，他覺得迎來了整個世界的春天。這種形容一點都不誇張。「好啊。」他盡可能假裝冷淡地回答，其他同學對陽葵說：「問題是妳根本沒有去看比賽的門票啊。」他忍不住在心裡罵那些同學不要多管閒事，但陽葵面帶微笑說：「但我還是想去啊。」

陽葵綁得高高的馬尾很好看。無論是因為皮膚很白，所以鼻尖周圍出現的淡淡小雀斑，還有削瘦的臉頰，陽葵所有的一切，耀太都很喜歡。

「即使無法看比賽，東京在舉辦奧運時一定很特別，我想親身感受一下那種氣氛。」

橫井陽葵在一月說這番話當時，還覺得新冠肺炎只是發生在大海彼岸的特殊情況。

時序進入三月，國高中和小學都同時停課，大家都還相信四月之後，世界會重啟，一切都會如常運轉。周圍人都提醒他，必須在三月之前就找好離大學交通方便、價格也合理的房子，於是他租好了房子，來到東京——直到今天。

四月之後，大學仍然沒有恢復上課，而且確診人數持續增加，政府頒布了緊急事態宣言，整個世界都停擺。「沒事不要出門」這句話已經滲透到整個社會的各個角落。

每天確診人數只有個位數的老家山形也一樣。生活在東京，會覺得山形的疫情根本不嚴重，即使開店營業也沒問題，但由於緊急事態宣言已經擴大到全國，所以父母經營的定食餐廳也從昨天開始暫停營業。雖然之前就聽說餐廳要暫時休息的消息，但做夢都沒有想到會以這種方式，直接影響到在東京生活的自己。

耀太決定要去東京讀L大學後，爸爸和媽媽在打烊後，在餐廳內討論了很久。他們坐在後方的桌子旁，桌上放著存摺和寫著「學費保險」的很多資料。他們原本並不想讓耀太看到，但耀太還是看到了。

爸爸告訴他，會幫他支付入學金和學費，只要房租不會太貴，每個月也會將房租和水電費寄給他。

「但是，」爸爸又接著問他：「你可以靠自己打工賺生活費嗎？」

「可以。」耀太回答。

媽媽聽了他的回答後點了點頭，似乎鬆了一口氣。

「雖然我們沒有教你什麼一技之長，但你從小就看著我們做生意，去餐廳打工應該沒問題。」

聽到當時對自己說這句話的媽媽在電話的另一端小聲說話的聲音，他感到坐立難安，所以用格外開朗的聲音說：

「別擔心，我很快就會找到打工的工作。」

「但是外面的疫情不是很嚴重嗎？」

他原本試圖用開朗的聲音讓媽媽放寬心，沒想到媽媽的聲音聽起來比剛才更擔心了。

「小耀，你之前說要找居酒屋或是定食餐廳打工，但是東京都不是要求餐飲業都縮短營業時間，而且聽說現在連之前僱用的工讀生也都被辭退了。上次在電視上看到的年輕人——」

「沒事啦，我很快會找到餐廳以外的工作。媽媽，妳看太多電視了。」

剛才聽到媽媽的聲音還有點想流淚，沒想到沒聊幾句話，媽媽就戳到了他的痛處。唉，每次和家裡通電話都這樣。他很後悔剛才說話語氣太溫柔了，而且當初只是父母說，因為家裡開定食餐廳，所以去餐飲店打工比較好，耀太根本沒說要去餐廳打工。

話說回來——現在該怎麼辦呢？他的確為此發愁。

目前找不到打工機會是事實。他在網路上找到一家速食店，也通過了面試，但還沒開始上班，就接到了「目前還是先不考慮」的電話。

「現在疫情這麼嚴重，而且也暫時無法錄用沒有工作經驗的人。」

耀太難以接受，因為徵人廣告上明明寫著「竭誠歡迎無經驗者」。

之後聽到新聞說「目前網路購物很需要人手」，於是去應徵了為電商架設網站的工作，三十五、六歲的男性面試官問他：「你今年春天剛從山形來東京嗎？那真是辛苦你了。」所有人只要聽說耀太是今年春天的新生，都會用這句話作開場白。

耀太希望對方的這種同情可以發揮正面作用，於是主動告訴對方，在老家的父母工作也很辛苦，無法指望他們寄生活費給自己，所以無論如何都要找打工的機會。

「啊？但是，」面試官看了看耀太，又看著履歷表。耀太今天穿著原本為了參加入學典禮而向爸爸借用，最後卻沒有派上用場的那件襯衫。

「你父母不是已經幫你出了學費嗎？」

「喔，是。」

「你的電腦和手機也都是父母幫你買的吧？目前租的房子，也是父母出的錢？你不可以這麼貪心，從某種意義上來說，不期待父母寄生活費不是理所當然的事嗎？」

除了某種意義以外，還有什麼意義？耀太覺得有點聽不太懂日文了，面試官似乎覺得自己的話很有道理，輕輕點了頭說：

「你要加油，聽說現在很多年輕人讀大學，都是靠自己賺學費，你已經很幸運了。雖然目前的時局可能有點辛苦，但加油囉。」

在對方眼中，自己是和他無關的外人，所以才會無情地丟出「加油」這種話。耀太沒有被錄用。

耀太也知道必須趕快再找下一個面試的機會，但是，當連續應徵兩次都碰了釘子，他開始覺得自己毫無價值。不需要媽媽提醒，他也知道現在商家根本沒有餘裕僱用沒有任何證照，也沒有經驗的工讀生，就連很多有工作經驗的人也都被辭退了。因為他在家整天都掛在網上，所以很清楚這些事。

媽媽的聲音繼續在電話另一端響起。

「你一個人在東京可能很辛苦，雖然這麼說有點那個，但我們聽到你找不到工作，反而稍微鬆了一口氣。」

「為什麼？」

「因為現在出門不是很可怕嗎？東京目前的確診人數很驚人，只要能夠乖乖在家待著，等疫情稍微緩和一點再去找打工的機會也沒關係。」

耀太不知道該如何回答。

他想起剛才接起媽媽的電話時，自己因為太久沒有說話，所以開口說第一句話時，聲音有點發不出來，連續清了好幾次嗓子才終於發出聲音。

「如果你需要什麼，媽媽都可以寄給你，你隨時打電話告訴媽媽。」

「嗯。」耀太聽了媽媽的話後點了點頭。電話掛斷了，耀太拿著手機，直接趴倒在一直鋪在榻榻米上的薄被，老舊榻榻米的好幾個地方都已經磨損了。

我知道。獨自留在家裡不出門。

他細細咀嚼這句話，胸口隱隱作痛，腦海中浮現剛才通了電話的父母身影，還有他們的餐廳從昨天開始暫停營業這件事，他們應該從來沒有想過要送兒子去東京讀大學。

耀太很清楚，他們同意讓耀太讀大學的最大理由，是因為耀太考上了大學。兒子的功課很不錯，考進了東京小有名氣的大學。這件事讓他們感到高興，也感到驕傲，所以願意勒緊褲帶，送自己來東京讀書。

只是做夢都沒想到，迎接他的竟然是這樣的大學生活。不僅如此，好不容易來到了東京，原本以為天塌下來也不會改變的奧運和帕奧竟然延期，暫時不舉辦了，陽葵來東京找耀太的未來也變得渺茫。更何況老同學現在絕對不可能來東京，即使想來也來不了。

就在這時，ＬＩＮＥ發出了收到訊息的輕快聲音。

他懶洋洋地抬起頭，點開還帶著餘溫的手機螢幕，發現收到了意想不到的人傳來的訊息。那是小時候的玩伴奧田甲斐斗，他們在國中之前都讀同一所學校。甲斐斗在國中時，經常和一票愛玩的傢伙混在一起，還染了頭髮。雖然高中之後，分別讀不同學校，但因為是兒時的玩伴，目前仍然保持聯絡。

他已經很久沒有點開 LINE 看訊息了。

留在老家的同學都在 LINE 群組內悠閒地聊著彼此的近況，彼此為受到疫情影響相互激勵。每次看到這些內容，都感到很痛苦。所以他最近幾乎都不敢看高中一群要好的同學的 LINE 群組。

無論是打工的工作、大學，還是手機中的老同學，這個世界上所有的人，似乎都覺得沒有自己也無所謂。

甲斐斗到底有什麼事？——他點開了螢幕，看到了甲斐斗傳來的訊息。

「耀太，好久不見。最近有空嗎？有可以在線上打工的機會，有沒有興趣？」

□

比最新款落後了三代的舊手機，同樣不是最新款的筆電，還有儲存了大量姓名、電子郵件信箱資料表單的 USB 記憶卡。

甲斐斗介紹的可以在線上輕鬆打工內容，就是根據表單上的電子郵件和臉書的帳號，寄發電子郵件和訊息，然後盡可能持續和對方進行簡單的對話。

甲斐斗和耀太已經有一陣子沒有聯絡了，他目前是山形縣內一所私立大學的一年級學生。他和耀太一樣，學校沒有舉辦入學典禮，目前也是停課狀態，靠他的「學長」介紹的這份工作勉強過日子。

電話接通後，甲斐斗在手機的另一端告訴他：

「因為這個打工真的很好賺，其實我原本不想告訴別人，只是因為我沒辦法完成業績，然後就想到你們學校目前應該也在停課，搞不好現在也閒著沒事，所以就試著聯絡你。啊，對不起，你考上哪一所大學？」

耀太告訴他，是東京的Ｌ大學，他三月就來東京了。甲斐斗放聲大笑著說：「太好笑了！那你現在不是很孤獨嗎？你該不會還沒有交到朋友？」

兒時玩伴這種毫不客氣的嘲笑，反而比那種有口無心的同情聽起來更舒服，簡直太不可思議了。他輕鬆地回答「對啊，超孤獨」時，也有一種神清氣爽的感覺。

「我把你的事告訴了學長，學長說可以讓你一起加入，所以會先把工作的設備寄過去，你可以先試看看。」

隔了一天之後收到的舊手機和舊電腦上，都貼著寫了號碼的綠色姓名貼紙，看起來就像是公司的備品。雖說是工作需要使用的工具，但耀太很驚訝可以這麼輕易拿到手。他想起以前住在家裡時，費盡口舌央求，父母才終於幫他買了手機和電腦，不由得覺得大人太厲害了。

收到工作設備後，他又打電話給甲斐斗，甲斐斗告訴他：

「只要根據表單上的郵件信箱，寄差不多一百封信左右，就可以賺一萬圓，而且在對方第一次回覆之前，基本上只要把範本的內容複製、貼上，再修改一些小細節就好。如果收到對方的回覆，才需要自己好好想回覆的內容。對方第二次回覆之後，你們聊的次數越多，賺的錢也越多，是不是很輕鬆？」

「這份表單是什麼？」

「就是容易上鉤的人的名單。聽說這些人之前曾經多次登入交友網站，曾經有不錯的反應，或是曾經買過很貴的東西，所以就把他們整理成一份名單。」

「買東西？」

「就像是什麼加持過的手鍊之類的東西，反正就是改運的東西。那些東西都超貴，聽說要九萬圓。」

「什麼？」

耀太忍不住驚叫起來。一條手鍊就要九萬。如果自己有九萬圓，即使付了房租，還有足夠的錢可以生活一個月。這個世界上竟然有人為了一件首飾就砸這麼多錢，而且還有這麼多人——他簡直難以相信。

「那條手鍊真的有效果嗎？」

「不知道，聽學長說，姑且不論有沒有效果，但是當事人自己決定要不要花錢買，所以要自行負責。」

甲斐斗呵呵笑了起來，耀太聽了他說的話，不禁有點擔心起來。

他拿到的那份名單上分別標示了男性或是女性的性別，他必須假裝成異性，分別寫電子郵件給對方，然後提出「希望有機會交個朋友」的要求。電腦中也有指導手冊的檔案，其中有幾篇像是範文的內容。

指導手冊上寫著，如果是臉書或是推特的帳號，就必須根據他們的檔案，增加被對方的哪些地方吸引等符合每個人情況的內容，表達自己的好感，拉近彼此之間的距離。「總部」還提供了可以給對方看的假照片和臉書帳號。

耀太接到了指示，必須自稱是在六本木的科技公司老闆，名叫「大倉誠吾」，還有一張穿著西裝，外形英俊瀟灑的三十出頭男子的照片，外形很清新，看起來經常健身。雖然有很多女生排隊想當他的女朋友，但是都只看表面，渴望找到能夠真心相待的人。世界上當然沒有「大倉誠吾」這個人，但照片看起來有點像耀太之前應徵電商工作時的面試官，讓他有點不爽。

假裝是女生時的人設是音樂大學的學生，名叫「渡邊彩美」，原本今年要去留學，卻因為受到疫情影響而無法順利出國，因此感到失去了人生的意義。她的照片也是不輸給偶像明星的美少女。

甲斐斗說，這並不是犯罪，還說如果是犯罪，他不可能邀耀太加入。耀太問他，為什麼要寄這些電子郵件或是訊息，甲斐斗有點不耐煩地回答說：

「啊，你不知道嗎？最終可能會扯到錢的事，但那是在我們用郵件和對方聊了一陣子之後，再由我們的學長或是其他人接手之後做的事。在學長接手之前的聊天，就只是互傳訊息而已，即使聊再多，也根本不是犯罪。你不知道嗎？交友軟體上也有很多漂亮的女生，但幾乎都是暗樁。那也不算是犯罪，她們是那些軟體公司合法僱用的員工。」

「這樣啊。」

耀太內心一驚。他來到東京後沒機會交朋友，一度猶豫是不是該加入交友軟體，還去看了不止一、兩次。原來是這麼一回事，既然這樣，那就要小心。他把這件事記在心裡。

「你很老實，也很單純，雖然你可能會擔心，但沒事啦。」

甲斐斗以前就經常這樣說他。耀太，你很單純老實——耀太總覺得他是在說自己太傻太天真，所以他在甲斐斗面前總是想要逞強，表現出並不是這麼一回事。他很擔心如果繼續問下去，甲斐斗又會說他「單純」，所以就不敢繼續追問內心在意的問題。甲斐斗似乎看透了他的心思，對他說：

「別擔心，我的學長也說了，如果是購買商品，最後是當事人自己決定要不要買，這根本不算是犯罪。我上個月就靠這個賺了十五萬。」

「十五萬?!」

耀太的聲音也變尖了，甲斐斗在電話中笑著說：「你也很快就會賺到。」

十五萬——這幾個字在他內心甜蜜地迴盪。如果每個月能夠賺超過十萬，即使父母不寄生活費，自己的生活應該也不會有問題。

他很擔心定食餐廳暫停營業這件事，之前從來沒有停業這麼長時間，如果不知道什麼時候才能重新恢復營業，就無法保證耀太能夠繼續讀完四年的大學，十五萬這個數字是讓他認為未來四年學費有著落的金額。

「但是……有辦法這麼順利嗎？」

耀太看著六本木科技公司的老闆、音樂大學的學生這些虛構的基本資料，半信半疑地問。他拿到的「素材」中，有那個科技公司老闆辦公室的照片，和音樂大學學生放了鋼琴的可愛房間照片。耀太雖然來到了東京，但目前住在離都心很遠、不屬於東京都二十三區內的日野市。他就讀的大學在中央線沿線，但大學附近的房子租金太高，他根本負擔不起，只能住在有一段距離的日野市，而且也從來沒去過六本木。

這種簡直就像是電視中常看到的、很樣板化的「成功人士」和「知性美少女」，不可能有人相信。耀太帶著這種想法發問，甲斐斗呵呵笑了起來。

「別擔心，這些人都會自己做夢，讓人難以置信。」

做夢？耀太忍不住納悶，但甲斐斗說了聲「反正你就先試試看」，就掛上了電話。

□

實際開始「打工」之後，就立刻瞭解了甲斐斗所說的「做夢」的意思。

根本沒有人回覆啊——寄出的電子郵件都石沉大海之後，開始零零星星收到了回覆。

『你好。我收到了你的訊息，但你是不是認錯人了？真的是找我嗎？』

『你說無法向任何人傾吐心事，如果你不嫌棄，可以對我說。雖然我除了傾聽以外，幫不上什麼忙，但至少人生這條路，走得比你長一點。』

『妳說妳的留學泡湯了，千萬不要悲觀！人生還很長，Fight！像妳這麼漂亮的女生，除了彈鋼琴，一定還有其他生存之道，而且未來也一定可以有美好的邂逅。』

『你的公司在六本木，太厲害了！像你這種簡直就像是生活在雲端的人，怎麼會看我的臉書……』

『妳原本打算去哪裡留學？我以前年輕的時候曾經被派去維也納工作，那裡真是一個好地方。雖然現在那裡也因為新冠疫情受到很大影響，彩美，真希望妳能夠親身感受那個城市的氣氛學鋼琴。』

——他們竟然相信！耀太感到茫然。

女性的回覆內容幾乎都是針對六本木的科技公司老闆找上自己問：「為什麼是我？」「我可以嗎？」從她們回覆的字裡行間，可以感受到她們很希望繼續聽到「因為妳很特別」這句話。

男性的回覆幾乎都表示願意傾聽女生訴苦，但也同時可以感受到他們強烈希望別人傾聽他們人生經驗的傾向。

耀太看著這些人回覆的內容，想起了甲斐斗說的話。他恍然大悟，原來是這麼回事，這就是「做夢」。每個人都希望自己有價值，都想要「做夢」，認為自己與眾不同，對方才會選中自己。

他看著這些回覆的文字，內心忍不住感到煩躁。這些人為什麼這麼毫無防備？為什麼會以為條件這麼好的人會對自己有興趣？難道是因為這些人都曾經花大錢買不知道到底有沒有效果的手鍊的關係嗎？

在這些人的回覆中，「因為疫情的關係」、「目前的社會氛圍」之類的字眼出現的頻率很高，他深有感觸地想，原來是因為疫情導致大家整天窩在家，才讓人有機可乘，讓這些人開始和陌生人聊天。雖然整個世界看似停止了運轉，但在肉眼看不到的地方還是有需求。

只不過互傳電子郵件或是用訊息交談是一件很累人的事。

最初帶著觀察的態度看回覆的電子郵件內容，和從文字中透露出對方的個性，都感到很新鮮，但要充分掌握每一封回信的內容，持續用不同身分回覆的新鮮感漸漸變成一種痛苦。原本以為線上的工作很輕鬆，現在才發現一點都不輕鬆。

他每次都參考指導手冊上的範文，寫一些四平八穩的內容後寄出去，但很多人聊了幾次之後就不再回覆。雖然他不知道自己哪裡做錯了，但他發現尤其無法和女性持續聊下去，這種時候，他就會有一種難以形容的感覺，越想越不對勁，好像對方識破了自己並不是自稱的科技公司老闆。

和男性聊天時，如果對方露骨地聊一些色色的話題時，他就不知道該如何回應，如果太積極投入這個話題，是不是反而會引起對方的懷疑？更何況他完全無法想像，這個像是音大生的可愛女生遇到有人開黃腔會有什麼反應。他能夠想像，如果是以前看的那些色情影片或是漫畫中的談話，或許會如此這般回答，但現實生活中女生——比方說橫井陽葵——絕對不會說這種話。這麼一想，就無法回覆像樣的內容。

「耀太，你的成績似乎不見起色啊。」

耀太突然接到這通電話。

專門用來傳「工作用」訊息的手機突然接到電話震動起來，他接了起來，就聽到有人說這句話。

「呃……是，對不起。」

這個人是誰啊？雖然感到納悶，但既然對方打這個手機，很可能就是甲斐斗說的「學長」。對方在電話中一口氣說：

「如果不趕快做出成績就傷腦筋了，該不會你傳的訊息太潦草了？無論傳再多訊息給新的對象，如果對方沒有回覆，就無法列入業績計算。」

「啊？是這樣嗎？」

開始打工已經十天左右，在這十天內，耀太寄了將近三百封信給新的對象，也按照甲斐斗的指示，向「總部」報告了工作情況。之前聽甲斐斗說，只要寄一百封信，就可以有一萬圓，而且只要報告之後，幾乎當天就可以領到錢，但他遲遲都沒有收到錢，所以正為這件事感到納悶。

耀太用委婉的語氣問，對方大聲反問：「你說什麼？」然後笑了起來。

「怎麼可能這樣就馬上領到錢？天底下哪有這麼好康的事？只有曾經成功讓客人上鉤的人，才會有這種待遇，哪怕只有一次也行。你就像機器一樣寄這種信，就連新客人也不會理你。」

「不好意思……」

「必須敞開心房，當初就是期待這一點，所以才會找像你這種普普通通的乖乖牌。」

從來沒有見過的人說自己是「普普通通的乖乖牌」。他不知道對方是根據什麼標準這麼評斷自己，也許是從甲斐斗口中得知耀太屬於哪一種類型的人。

「你聽好了，」那個人說：「如果希望對方敞開心房，就必須用自己的語言，一字一句表達自己的想法，只有這樣，對方才會願意向你敞開心房。要稱讚對方，吹捧對方，然後再聽對方傾訴，在這個基礎上，告訴對方自己遇到了困難，否則對方怎麼可能相信你？都已經給了你肥羊名單了。」

聽到對方說出「肥羊名單」這個字眼，耀太感到不太對勁。雖然甲斐斗說的「容易上鉤的人的名單」，其實就是這麼一回事，但是對方說得這麼明確直白，讓他對自己所做的事產生了強烈的罪惡感。

「那個——所以我在今天之前寄給『新』客人的信，沒辦法領到打工費嗎？」

「沒錯，就是這樣。」

對方回答得很乾脆，耀太感到眼前發黑。自己坐在電腦前，看得眼睛都花了，每天每天都賣力寄信，竟然是白忙一場嗎？

電話另一端的人聽到耀太沒有說話，又繼續說：

「但是，只要你有辦法讓客人上鉤，關於這個部分，我們可以再研究看看。因為你似乎很努力，那就拜託了。」

對方說完這句話，就掛上了電話。

他深深嘆著氣，注視著沒有關機的電腦螢幕。

自己敞開心房，讓對方敞開心房。

他回想起剛才那個人重複多次的話，感到心煩不已。心。心。心到底是什麼？自己怎麼可能知道？

至今為止聊天的對象中，並沒有和任何人熟到可以向對方推銷商品，彼此之間的關係很疏遠，如果突然提出這種要求，對方一定會感到不自然。他深刻體會到，即使假冒了別人的身分，自己終究只有這點能耐。

他看著臉書上新收到的訊息。目前只有一、兩個認真聊天的對象，他完全不知道是否能夠進一步建立親密的關係——

他一籌莫展地繼續瀏覽訊息，目光停留在其中一則訊息上。

『敞開心房太難了。』

對方第一句話就這麼寫道。

因為很突兀，他忍不住感到好奇，繼續看了下去。

『我是平凡的家庭主婦，完全無法理解像你這樣擁有全世界的人，會想在社群網站上找人訴說無法向周圍人傾訴的煩惱，但是的確有一些事無法告訴身邊的人，只能對自己生活圈以外的人訴說，如果是這種心情，我稍微能夠理解。但是，你為什麼會找上我？如果我問這個問題，你會覺得我很煩嗎？」

如果是昨天，這些內容可能並不會引起他的注意，但如今這段文字完全打中了耀太。

他目不轉睛地盯著「敞開心房」這幾個字。

傳訊息的人叫「未希子」。

這是至今仍然能夠持續聊天，寥寥可數、難能可貴的對象之一。

看了臉書的簡介，發現的確如訊息中所說，她是一名家庭主婦。雖然對方的臉書帳號中並沒有她的大頭照，但有好幾張隔著鏡子拍攝自己穿搭的照片，只是都巧妙地調整鏡頭，遮住了臉部。這個人的年紀應該比耀太大十多歲，但從她身上那件身體曲線畢露的洋裝，發現她的雙腿又細又長，腰也很細。一頭披肩的鬈髮也讓人感受到她是「有錢人家的太太」。

耀太字斟句酌地回了她的訊息。

「妳好，謝謝妳的回覆。

我看了妳的發文，覺得我們志趣相投，才決定傳訊息給妳。最重要的是，我覺得妳品味出眾——」

寫到這裡，他停下了手。

敞開心房。這句話持續在他腦海中迴盪。他重新審視了自己剛才寫的內容，發現感覺很生硬，看起來就像是從英文直譯過來的文字。像你這種普普通通的乖乖牌——他回想著剛才那個男人在電話中對他說的話。

他立刻聽到了繃緊的線斷裂的聲音。管他的。即使無法繼續聊下去也無所謂，反正自己沒什麼損失。

「因為我感到空虛寂寞，所以才會傳訊息給妳。四月之後，我幾乎沒有和任何人見面，雖然用電話聯絡和線上會議的方式持續工作，但我很孤獨。妳或許難以相信，但我並沒有奇怪的意思，只是純粹想和別人聊天，也想聽妳說說妳的事。」

寫完之後，沒有再看一次，直接傳了出去。這段內容很大膽，如果是平時的自己，不會這麼做，活在電腦中的六本木老闆，更不會傳這種內容。

對方很快回了訊息。

『你願意聽我說我的事？』

訊息只有短短一句話。雖然耀太不知道該怎麼形容，但可以感受到對方的迫切。他只回了兩個字「當然」。

未希子立刻回了訊息。這一天，耀太和未希子互傳了好幾次訊息，她漸漸開始聊自己的情況。

未希子今年三十五歲，從女子大學畢業後，進入貿易公司做翻譯工作，和原本是同事的丈夫結婚後，辭去了工作，目前整天忙於家事和自己的興趣愛好。

『從疫情爆發之前，我就有很多時間，所以廚藝越來越精。』

她之前臉書上的發文，也有許多看起來像是她親手做的正宗料理和甜點的照片。

「妳之前做翻譯工作，真是太優秀了。」

耀太寫道，她害羞地回覆。

『好久沒有人說我優秀了。

大倉先生，不知道你的公司願不願意僱用我……開玩笑的。我會說英語和法文兩種外語。』

法文……！耀太簡直說不出話。好厲害。他表達了自己真實的感想，未希子又回了訊息。

『因為我喜歡下廚，很希望可以看懂法文的菜單，所以在讀大學時選了法文系。』

未希子的家境應該很富裕。她除了談論自己的事以外，也想瞭解耀太的情況。

『大倉先生，你小時候是怎樣的小孩？』

未希子臉書上那些昂貴的物品，和她至今為止所說的話讓他感到畏縮，努力想要拼湊出一個輸人不輸陣的虛構兒提時代——雖然他努力想要這麼做，但令人悲哀的是，他完全無法想像那種生活。無奈之下，他只能努力寫，敞開心房，反正自己沒什麼損失。自己終究只是「普普通通的人」。這種想法消除了他內心的猶豫。

「我是外地人，父母開了一家定食餐廳，但並不是那種歷史悠久的店，而是父母兩個人胼手胝足經營的一家小店，我在餐廳幫忙時，餐廳的客人都很喜歡我。現在回想起來，我覺得自己的孩提時代很美好。」

你的孩提時代聽起來很棒。耀太猜想未希子會這麼回答，正如自己回訊息時會參考範本，想必對方也只會回一些場面話——

未希子回了訊息。這次又是秒回。

『感覺你很愛你的父母。』

這句話映入眼簾的同時——耀太頓時感到心被揪緊，淚水在眼眶中打轉，連他自己都感到驚訝不已。之前在山形時因為太理所當然，所以完全沒有察覺，原來我很喜歡老家的定食餐廳。他終於發現了這件事，突然很想念爸爸炸的竹筴魚，和媽媽通常都在前一天晚上就煮好的味噌豬肉湯。

但是，我回不了家，即使回了家，定食餐廳也無法開張營業。

四月底，東京都的確診人數才終於開始下降。「快結束了，再忍耐一下。」雖然媽媽傳ＬＩＮＥ對耀太這麼說，但他不知道是否真的快結束了。

『真羨慕你。』她又繼續寫道，『我很羨慕你，因為我並不喜歡自己的父母。』

這句話太令人在意了，耀太忍不住立刻問。

「為什麼？可不可以分享一下妳的孩提時代？」

『我的故事很無趣，因為我一無所有，我想多聽一些關於你的事。』

在和未希子互傳訊息後，他發現了一件事：未希子和其他人不一樣。

至今為止，無論聊天的對象是男是女，只要聊得稍微深入一點，就開始說自己的事。女人都會在言談中，透露出希望別人能夠接受自己的過去或是內心的自卑，男人則是開始吹噓「妳一定要聽聽我有多厲害」。

但是，比起談論自己的事，未希子更想聽耀太的事。你是怎樣的人？怎麼會想到創立目前這家公司？為什麼會把辦公室設在六本木？耀太在每次回答她的問題後，她的回應一點都不敷衍了事。

『好棒喔，你說想把公司開在讓人一聽就覺得是成功人士的地方。雖然這種想法聽起來很幼稚，但我很喜歡這種想法。你會坦誠地把內心的這些想法寫出來，我覺得你很誠懇。』

「雖然妳說想聽我的事，但其實我也沒有什麼開心的事可以分享。」

『沒關係，任何事都可以。比方說，你喜歡吃什麼之類的，只要聽你說，就會覺得開心。』

「未希子，妳很有趣。我喜歡吃蘋果，哈哈。」

雖然未希子說她一無所有，但是她太謙虛了。看她臉書上的照片，家裡都是那種好像會出現在雜誌上的高級家具和餐具，她喜歡的花藝設計，和據說是她親手打造的庭院都很漂亮。

即使耀太這麼說，未希子也完全沒有表現出高興的樣子。

『是嗎？但是我很久沒有工作，和外界沒有接觸。無論做家事還是興趣愛好，都完全只是自我滿足，我老公也經常無奈地說我日子過得太爽了，還說我的想法在社會上根本行不通。』

看到「老公」這兩個字，耀太愣了一下，但立刻想到既然她是家庭主婦，當然有老公。她是藉由表明自己有老公這件事拉起防線，避免彼此的關係發展成婚外情嗎？耀太憑著自己貧乏的經驗想像著。既然這樣，未希子和耀太聊天的目的是什麼？——正確地說，她的聊天對象並不是耀太，而是六本木的科技公司老闆。

但是，那個叫「老公」的人太過分了。未希子之所以感覺沒什麼自信，是不是因為她的老公整天這麼說她，她一直壓抑自己的關係？耀太不由得心生憤怒。

「我認為即使是家人，也不該這樣評斷對方。雖然這樣聽起來好像在說妳老公的壞話，但是和妳聊天之後，可以感受到妳冰雪聰明，我因為工作的關係，必須和很多人聊天，我認為在我遇到的這麼多人之中，妳也是得天獨厚的人。」

如果是平時，耀太不會想到「冰雪聰明」這幾個字，但電腦儲存的範文中，有這句稱讚的話，所以他就記了下來。以前他不知道什麼場合可以使用這種字眼，但覺得用在未希子身上太貼切了。雖然是以六本木科技公司老闆的身分寫下這段內容，想要告訴她，自己接觸過各式各樣的人，仍然覺得她在社會上完全沒有問題，但以耀太本身的感覺，也認為這種說法絕對並非誇張。因為在至今為止「打工」所接觸到的人之中，未希子的確很「特別」，和那些滔滔不絕地只顧聊自己狀況的人不一樣，和她聊天心情很愉快。

這一次，未希子沒有馬上回訊息。

自己可能太矯情了，可能太做作了。未希子是不是看了訊息不開心？耀太坐立難安，一次又一次打開臉書。之前那麼頻繁地互傳訊息，長時間的沉默令人六神無主。

他去超商買了晚餐的便當回來後，檢查了訊息。吃完之後又檢查了一次，洗完澡、睡覺之前，不知道看了多少次。

雖然其他人傳來了幾則訊息，但耀太完全沒有心思回覆，滿心期盼未希子的訊息。即使鑽進被子後，仍然想著這件事。

要不要再傳訊息給她？不好意思，如果上次的內容有什麼惹妳不高興，我向妳道歉，我並沒有惡意——他在腦海中不斷構思道歉的內容，遲遲無法入睡。

隔天早晨，收到了未希子的回覆。

『謝謝你。如果我說看了你的訊息後，我忍不住哭了，你會相信嗎？

我太感動了，所以無法馬上回你的訊息。也許你只是隨手寫那些內容，並沒有想太多，但也許對我有很重要的意義，也帶給我很大的鼓勵，你在工作上和很多了不起的人打交道，既然你也這麼說，我覺得自己或許在社會上也可以生存。

對我來說，或許你就是社會的代表。』

看了訊息之後，終於瞭解了，他瞭解了未希子的想法。

他也非常瞭解當內心感動不已時，的確無法馬上回覆訊息。

隔天是耀太的十九歲生日，五月二日，剛好是黃金週中間的日子。電視上持續宣傳，今年的黃金週假期要充分忍耐，盡可能避免跨縣移動，盡可能避免返鄉，而且不斷看到媒體報導，在某些外地縣市，對外縣車牌的車子做出不友善的行為。

生日那天早上，接到了媽媽從山形打來的電話。

「小耀，沒想到今年的生日會這樣。你還好嗎？會不會感到孤單？」

「嗯……還好啦，但說句心裡話，我有點想回家。」

他只是隨口這麼說，但明顯感受到電話另一端的媽媽陷入了沉默。嗯？他忍不住有點驚訝。我媽應該不會說那種陳腔濫調吧？他帶著祈禱的心情等待媽媽的下文。

媽媽終於開了口。

「我跟你說，住在對面的理沙。」

「嗯。」

住在對面的理沙？耀太忍不住納悶，然後隱約想起對面住了一個年紀比他大很多歲的姊姊，小時候曾經陪他一起玩。

「理沙好像回來了，她把老公留在東京，自己帶著兒子回來了。幸好現在已經過了兩個星期，最近大家才終於鬆了一口氣。」

一點都不誇張，他聽到自己全身發出了嘆息的聲音。媽媽，我甚至不知道住在對面的理沙結婚後住在東京這件事——這麼一想，就覺得很悲哀。

既然左鄰右舍都在討論「理沙」的事，想必耀太一旦回去，也會發生同樣的情況。

「家裡的餐廳不會有問題，你不必擔心。」媽媽說：「只要去申請紓困的持續化給付金手續，就可以有一百萬圓的補助款，可以暫時渡過難關。聽說即將解除緊急事態宣言，所以餐廳到時候就可以做生意了。」

「喔，嗯。」

「你等疫情平息之後再回來。」

「嗯。」耀太無力地點著頭，嘆了一口氣。

他最近才剛得知，留在山形的橫井陽葵似乎和在當地短大認識的社團學長開始交往。全都怪自己手賤，不小心看了之前一直沒有打開的高中同學ＬＩＮＥ群組。因為他生日快到了，他在想會不會有人擔心自己而引起討論。因為全班只有他一個人來東京讀大學，去年生日時，大家還一起去ＫＴＶ幫他慶生，所以他帶著甜蜜的期待，覺得老同學也許會想起他。

留在故鄉的老同學的時間正常流逝。耀太生活中的時間幾乎完全停擺，但他們聊著「最近都無法外出，只有社團的 Zoom 視訊聊天是我的心靈支柱」、「因為太無聊了，所以我們全家開車去山上晃了一圈」、「車站完全看不到一個人影，是不是超猛？」在抱怨疫情帶來的影響時，感覺也很開心，也充滿餘裕。

陽葵就是在社團的 Zoom 視訊聊天過程中，交到了那個男朋友。耀太就讀的那所大學沒有舉辦入學典禮，也已經停課很長時間，但陽葵就讀的那所短期大學在政府發出緊急事態宣言之前，就舉辦了社團招募活動，她就是在那個時候認識了她的男友。那是一個康樂活動社團，討論能夠為那些因為疫情而受影響的人做些什麼，於是決定捐贈手工製作的口罩，然後就在活動的過程中，陽葵和那名學長越走越近。

耀太看到陽葵寫的這些內容，覺得好像被推入了萬丈深淵。如果妳想拯救別人——為什麼不來拯救我？

沒有人提到耀太，大家只對自己重新開始啟動的生活有興趣。他對於從老同學身上看到了「重新展開」的生活感到咬牙切齒。初到東京時，他覺得自己在所有同學中邁出了最大的一步，如今覺得當時的心情就像是發生在遙遠地方的完美謊言。

「今天是我的生日。」

所以——他在傳訊息給未希子時，忍不住寫下這句話。他在訊息傳出去之後，才發現平時都用較溫和無距離的「僕」作為第一人稱，今天不小心用了比較大男人的「俺」。那已經超越了「打工」的範疇，也和「總部」的人建議他「敞開心房」無關，而是耀太內心不小心發出的吶喊。

未希子並沒有立刻回覆訊息。耀太突然寫這種內容，她可能覺得壓力很大。更何況她有老公，她有她的生活——耀太這麼告訴自己，沒想到在晚上收到了未希子的訊息。

『生日快樂。』

訊息中還附了一張蛋糕的照片。

派皮編織出美麗圖案的蘋果派烤成焦糖色，上面插了一根蠟燭。

『原本打算烤戚風蛋糕之類的，但想起你上次說喜歡吃蘋果，所以決定烤蘋果派，沒想到耗費了很多時間。等一下我會把蠟燭拿掉，避免我老公起疑心，你不必擔心。』

耀太感動不已，他將手伸向照片中微微發亮的溫暖燭光。當他的手指碰觸到蠟燭時，可以感受到超過螢幕熱度的溫暖從指尖流入他的身體深處。

謝謝，他喃喃說著。

因為連續多日沒有和別人好好說話，聲音有點沙啞，但這個聲音真真切切地放鬆了耀太繃緊的喉嚨，滿足了他的渴望。

雖然沒有人聽到，但他第一次知道，原來在真心感謝對方時，會情不自禁地脫口道謝。

□

「你有沒有催促對方趕快匯款？」

呃——耀太的聲音有點沙啞，這次不是忘記怎麼發出聲音，而是背脊繃緊，聲音凍結在喉嚨中間。

五月十五日星期五，黃金週已經結束，耀太又接到了「總部」打來的電話。他整天都在家，日子過得渾渾噩噩，根本不知道今天是星期幾。

「匯款——是什麼意思？」

他幾乎每天都和未希子互傳訊息，雖然他很不願意，但隱約感受到如果照目前的狀況發展下去，可能要開口向未希子介紹「這是我們公司的產品」，進入要求她買九萬圓手鍊的階段。雖然感覺在欺騙，有點於心不忍，但未希子的家庭看起來經濟狀況很不錯，對她來說，這點錢應該不是太大的問題。

但是，電話彼端的人毫無顧慮地說：「就是叫對方寄錢、寄錢啊！你要找一個適當的理由，讓你目前釣到的魚付錢。因為我們的帳戶會隨時更換，到了那個階段，總部會口頭直接把帳戶告訴你，但你遲遲都沒有主動來問帳戶的事。我現在告訴你，你記一下，用完之後，就把這張便條紙撕掉。」

「請等一下，我聽甲斐斗說，這個工作是要推銷手鍊之類的東西，差不多九萬圓左右。」

「什麼？那只是甲斐斗用這種方法讓對方匯錢而已吧？但區區九萬圓稱不上是『業績』，你可以用公司目前需要資金周轉，或是避免留學資格遭到取消，需要補繳相關費用之類的理由，讓對方拿錢出來。」

耀太握著電話的手心冒著汗，「匯錢」這兩個字就像一把巨大的鐵鎚敲向他的腦袋，敲得他頭昏眼花，腦袋嗡嗡作響。

即使被甲斐斗說「單純」的耀太也知道，匯款這件事很不妙。匯款詐騙、「是我啦」詐騙、「媽媽，救我」詐騙，各種不同名稱的詐騙新聞在他腦海中打轉，他雙腳發軟。

「呃，我聽說我們打工的內容只是和對方簡單聊天，是在催促對方匯款之前的階段，之後會由『總部』的人接手處理。」

電話彼端的那個人馬上翻臉。

「什麼？怎麼可能有這種事？開什麼玩笑！」

聲音和前一刻完全不一樣。雖然音量並沒有太大的改變，但可以感受到聲音中透露的凶狠。耀太一聽到這個聲音，立刻感到毛骨悚然。因為他聽聲音就知道，對方很習慣使用暴力言語，是生活在那種世界的人。耀太憑直覺知道，那是他生活的世界中從來不曾接觸過，而且也是絕對不能涉足的世界發出的聲音。

「我說加賀耀太啊，這個世界沒這麼好混，不可能這麼簡單就可以賺到錢。你腦筋清楚點，你做這個工作不是想賺錢嗎？你之前所做的一切，就已經是十足的詐騙了。你山形老家的父母，如果知道他們的兒子在做這種事，一定會很難過吧？你們家在做生意，如果被左鄰右舍知道，這戶人家的兒子不學好，恐怕會影響『燦爛屋』的風評吧。」

耀太聽到「燦爛屋」這個名字，頓時感到心驚膽跳。

那是父母經營的餐廳名字，對方知道耀太的本名、老家在哪裡，以及餐廳的事也全都知道，可能是甲斐斗說的。

「L大學一旦知道你參與了詐騙，也會勒令你退學吧，你好不容易才考上這所大學。」

耀太說不出話，對方恐嚇的聲音繼續傳入他的耳朵。

「你振作一點，」對方又突然恢復了輕鬆的聲音，「只要你能夠交出成績單，該給你的報酬不會少，也不會害你。知道嗎？你把銀行帳戶抄下來。準備好了嗎？

中央銀行的普通帳戶，帳號是——」

「喔，好。」

耀太手忙腳亂地把對方說的帳號抄在手邊廣告單的角落，電話彼端的氣氛緩和下來。

「下個星期之內，你至少要搞定一個案子。第一次只要十萬或是二十萬就行了，因為只要第一次願意拿出這個金額，下次再用其他理由，對方也可能會一次又一次掏錢，所以先從小金額開始也沒問題。」

「下個星期嗎？」

耀太小聲地問，目前未希子是耀太唯一聊得很親密的對象。

「但是，我之前不知道要自己請對方匯款，所以到目前為止，都只是很自然地聊天，不知道該怎麼突然提到錢的事——」

「你腦袋有問題嗎？這種事要自己動腦筋。任何理由都可以，比方說，之前完全沒想到會需要為這種事操心，但現在為這個問題很煩惱，諸如此類的。而且什麼叫自然地聊天？你目前所做的事已經很不自然了，所以放膽去做就對了。」

即使對方這麼說，耀太也想不出什麼理由，他渾身發熱，但背上冒著冷汗。

目前所做的事已經很不自然。這句話讓他的心靈有點受傷。和未希子的對話、未希子傳給他生日蛋糕的照片——他覺得至今為止和未希子相處的日子遭到了否定。

但是，他無暇沉浸在這份感傷中，對方的下一句話讓他更加膽戰心驚。

「雖然我也很不想這麼做，但如果你還是沒有成果，那就只能讓你去當『車手』了。」

車手。這兩個字刺進了他的心。這是「單純」的耀太也知道的名詞，車手就是匯款詐騙中負責去提款機領錢的人。這意味著會被踢到詐騙集團的末端，很可能被自動提款機的監視器拍到臉，遭到逮捕的風險也很高——

「反正你好好加油就是了。」

對方說完這句話，就掛上了電話。

對方掛上電話之後，心臟仍然噗通噗通地跳個不停，簡直難以置信。他甚至害怕觸碰拿在手上的手機，於是就放在桌上。

他感到頭昏腦脹。

這不是真的，這不是真的。他一次又一次告訴自己，這不是真的，自己怎麼可能捲入這種事。

每次去自動提款機辦理提款轉帳，都可以看到周圍貼著「這是不是詐騙？」的警語。他向來認為自己不可能遭到詐騙，所以從來沒有多看一眼，只是視為風景的一部分，如今想起那些警語，他差一點昏倒。之前或許能夠想像自己遭到詐騙的情況，但絕對無法想像自己竟然會去詐騙別人。

他拿出手機，但不是「打工用」，而是自己的手機，急忙打電話給甲斐斗，但打了好幾次都打不通，即使用 LINE 傳了訊息，也遲遲沒有顯示對方已讀。

找人聯絡甲斐斗——當他閃過這個念頭時，才發現和甲斐斗並沒有共同的朋友，更何況要怎麼向別人說明目前的情況？

要不要查一下匯款詐騙是怎麼回事？自己所做的事，真的算是詐騙嗎？啊啊，但是對方知道自己的老家，不知道會不會對我爸媽做什麼？他想起剛才電話彼端那個可怕的聲音，就忍不住背脊發冷。

誰來救救我——

他打開電腦想要查詐騙，卻在不知不覺先確認了臉書的訊息。因為這一陣子他整天都在等未希子傳訊息給他，每天都會確認好幾次。

然後，他懷疑自己看錯了。

『救命。』

這兩個字映入他的眼簾。

『救命，我會死在他手上。』

是未希子傳來的訊息。

『我老公每天都打我。自從他四月開始在家工作後，我家就變成了地獄。拜託你，你只要願意聽我傾訴就好。對不起，因為和你聊天太開心了，我不想讓你擔心，所以之前一直說不出口。』

□

『我靠老公養我，也許在別人眼中，覺得我生活過得很優雅，但其實我沒有自由，也很孤獨。如果時光可以倒流，我想找回和我老公結婚前的那個自己。我那時候為什麼要辭職？一旦辭職，就等於放棄了自由，如今再怎麼後悔，也追悔莫及了。』

結婚之前，在貿易公司做翻譯工作，內心很不想辭職，但當初聽了老公的意見，辭職後在家相夫教子，每天忙於家事和興趣愛好。只有第一年感到很快樂，但不久之後，就因為老公的言語暴力陷入苦惱。

『誰在養家？像妳這種想法在社會上根本行不通。他幾乎每天都對我說這種話，只要我忘了把他的襯衫送洗，或是家裡有些地方沒打掃乾淨，他就會說什麼「妳連自己的工作都做不好嗎？」然後把我趕出家門。當我走投無路，去朋友家時，他就會更生氣地罵我，說什麼「不要做這種丟人現眼的事」。在結婚第三年之後，他就會動手打我。』

未希子說，她的老公指責她沒有好好修剪院子裡的樹木，然後就用修枝花剪戳她的臉和腦袋。當她要求老公「住手」時，他反而用刀尖對著未希子說：「下次我會真的戳死妳。」而且還曾經真的用剪刀剪她的頭髮。

頭髮被他剪掉——耀太光是想像這一幕，就說不出話。他看著她貼在臉書上的那些遮住臉部，分享自己嬌好的身材穿著搭配的照片。但是——他這時才發現，未希子臉書的動態已經有五年沒更新了。也許她是從那時候開始，不再更新看似奢華的日常生活。

未希子停止更新動態，和她對自己過度缺乏自信，都有了合理的解釋。

耀太字斟句酌地回覆訊息。

他在訊息中提到，得知她說的情況很驚訝，也很擔心，問她是否曾經考慮過離婚。他很擔心人生經驗不足的自己說的話太膚淺，所以傳訊息的時候很緊張。未希子很快就回了訊息。

『我好幾次都想離婚，但是每次想到女兒，就忍不住思考，真的要讓她成為一個沒有父親的孩子嗎？再加上對經濟也很不安，最重要的是，如果真的要離婚，就必須把我的遭遇，和老公不好的部分都告訴女兒。想到女兒在未來成長的過程中，會覺得原來自己的父親並不是一個值得尊敬的人，就覺得無論如何都不能這麼做。』

女兒——耀太看到這兩個字，忍不住倒吸了一口氣。

原來還有小孩喔。他忍不住小聲嘀咕，沙啞的聲音在獨居的租屋處響起，未希子之前從來沒有提過這件事。

「妳有女兒嗎？」

『今年讀高一，雖然我好幾次都想逃離，但每次想到女兒，就打消了念頭。只不過我已經無法再繼續忍耐了。昨天我老公也對女兒動了手，我叫我老公住手，然後挺身保護女兒，結果他打中我的臉，現在眼睛下方有一片瘀青，我根本沒辦法見人。』

耀太不知道該說什麼，結果他還沒有回覆，未希子又立刻傳了訊息。

『我喜歡你。』

心臟被用力戳了一下，這不是誇張，他真的停止了呼吸。

『自從老公開始遠距工作後，只有和你互傳訊息的時候，我才有自由的感覺。我想逃離這裡去找你，這種想法與日俱增。如果我和我女兒去東京，你願意收留我們嗎？你說六本木的辦公室目前沒有人上班，即使讓我們住在那裡也沒有關係，即使你不願意收留我，只收留我女兒也可以。』

妳可以逃離那裡來找我——耀太為自己無法說這句話感到如坐針氈。

如果自己真的就是臉書上的「大倉誠吾」，就會二話不說地答應收留她們，但是放眼全世界，都沒有「大倉誠吾」這個人，六本木的辦公室也不存在。

到底該怎麼回覆訊息？他完全沒有頭緒。他甚至無法針對「我喜歡你」這句話做出誠實的回答——當他發現這件事，終於不得不承認。

耀太也深受未希子的吸引，雖然未希子比他年長很多歲，但在不知不覺中，不再是以大倉誠吾的身分，而是耀太本人從她身上得到了療癒。

必須回覆她的訊息，必須回覆她的訊息——雖然他焦急萬分，卻還是無法回訊息。不知道過了多久，未希子又傳了訊息。

『對不起，我說了這麼奇怪的話。

請你忘了我說的話。』

短短兩行字，透露出她的心灰意冷。

那天晚上，他做了夢。

即使在夢中，打電話給他的那個男人罵他「笨蛋」、「開什麼玩笑！」的聲音也在他的腦海中嗡嗡作響，那個聲音還對他說「只能讓你去當車手了」。

耀太深受打擊，然後猛然發現自己站在陌生的房子內。「夢境」很模糊，甚至搞不清楚自己是否真的在那裡，但是正看著一個女人遭到毆打。住手——女人大喊著，她的頭髮被人抓住了。耀太以旁觀者的身分站在那裡，看著眼前發生的一切。

陌生的男人——對耀太很不屑的那個面試官，和穿著像大倉誠吾那種很有品味襯衫的男人把反抗的女人壓制在地，剪她的頭髮。那個男人手上握著修枝花剪，男人的手指撥開了女人的長髮。住手。悲痛的聲音再次響起，但是男人甩女人巴掌，把她的頭按倒在地，騎在女人身上，高舉著長長的剪刀。女人白皙的纖細喉嚨從一頭亂髮之間露了出來，剪刀的刀尖幾乎快碰到她喉嚨了。下一剎那，只聽到咔嚓一聲，女人的頭髮被剪掉了。女人的哭泣聲不絕於耳，但男人並沒有停手，拿著剪刀，再次剪她的頭髮，持續不斷地剪了又剪。

然後——他醒了過來。

他口渴難耐，即使發現那是夢境，心臟仍然劇烈跳動，無法平靜下來，渾身冒著冷汗。他急促呼吸著——然後用力閉上眼睛，發出了「啊啊」的叫聲。

耀太堅挺地勃起了。

從未經歷過的強烈興奮和恐懼，讓他的股間產生了強烈的反應，幾乎感到有點疼痛。他想像著夢中被剪掉頭髮的未希子，握住了下體用力搓揉，直到射精為止。射精一次後，仍然無法平息興奮的感覺。好可怕，好可怕，好可怕。雖然恐懼和焦急是目前內心最強烈的感情，但他情不自禁地拚命搓揉，欲罷不能。

□

「我也喜歡妳。」

隔天早上，他下定決心，向未希子傳了這個訊息。

「我想救妳，我要去救妳，我該去哪裡找妳？這是我的電話。」

耀太猶豫了一下，留下了自己的手機號碼，而不是「工作用」的手機。他認為至少可以藉此表達自己接下來要做的事的誠意。

過了一會兒，收到了未希子的回覆。

『真的嗎？』她的發問中帶著膽怯。

『我真的可以相信你嗎？你會為我解決那個男人嗎？我想他不會對我放手，即使這樣，你仍然願意帶我遠走高飛嗎？你願意為我揍他嗎？』

「如果他不放妳走，我就這麼做，我一定會救妳。」

耀太想要營救未希子的想法千真萬確，但是，他在寫這些內容時胸口發痛。

未希子似乎有點遲疑，但回覆了訊息。

『這是我家的地址。』然後寫了埼玉縣飯能市的地址。

耀太看了地址，覺得離未希子更近了。

能不能順利營救她——雖然不知道，但是如果完全沒有成果，耀太就無路可退了。想要離開這裡，就必須有成果，哪怕只有一次也好。

他傳訊息問。一旦下定決心之後，就擺脫了所有的猶豫，一口氣寫了下去。

「妳有辦法準備錢嗎？」

「雖然我是老闆，但無法隨便動用公司的錢。為了營救妳，只要有一筆資金，就可以為妳安排落腳的地方。妳有辦法準備錢嗎？差不多十萬圓就可以了。」

他認為以未希子的生活方式，她應該有辦法準備這筆錢。未希子還沒有回覆，他又再傳了一則訊息。

「如果妳有辦法準備好這筆錢，請匯入這個帳號。」

他寫下了之前記下來的銀行帳號，寫在去超商路上拿到的、最近開始做外帶服務的餐廳廣告單上，帳號的戶名就是在臉書上自稱的「大倉誠吾」。

他打算向未希子道歉，只要未希子這次匯了錢，就要老實告訴她，自己並不是「大倉誠吾」，然後再和她一起思考，如何才能擺脫她的老公。雖然耀太目前的租屋處很小，但如果她真的來投靠自己，也可以先讓她住下——

未希子傳來了訊息。

『需要錢嗎？我幾乎沒有可以自由動用的錢，但是，如果我籌不出十萬圓，你就不來救我了嗎？』

未希子明顯感到不知所措。

耀太看了這則訊息，不禁百感交集。妳不必籌錢沒關係，我很想馬上去救妳——雖然內心很急切，但自己完全沒有任何能力。自己才不是什麼六本木科技公司的老闆，而是站在懸崖邊走投無路的學生，他覺得自己很沒出息。

他橫下心——如果這樣會不自然，反正他們的對話從頭到尾都很不自然。耀太按捺了內心所有的想法，寫下了這句話。

「對，只要準備這筆錢，我就會去救妳。」

隔了一個小時，收到了未希子的訊息。

『我知道了。我備妥之後匯給你。』

□

「你說對方要匯十萬圓，但對方一直沒匯進來啊。」

手機震動起來，一接起電話，劈頭就聽到這句話。

呃——他發出的聲音好像被吸入嘴唇，然後消失了。這是他通知總部，和未希子的聊天可能會有「成果」的五天後。

「你再去催她一下，說沒有收到這筆錢。」

「請問在有這次的『成果』之後，我可以辭掉這份工作嗎？」

他問話的聲音幾乎快哭出來了，說句心裡話，他很想馬上就逃走，想到電話彼端的那個聲音隨時可能變得很凶殘，現在和對方通話，就忍不住全身發抖。電話中傳來不耐煩的聲音問：「嗯啊？」

耀太聽到對方冷笑的聲音，於是鼓起勇氣說：

「我覺得我不適合這個工作，繼續做下去也不會有什麼成果。即使去當車手，也絕對會出紕漏，我沒辦法勝任。」

「好好好，你先做出成果之後，再來想這個問題。啊，還有一件事要麻煩你，你幫忙辦理一下申請手續。」

「啊？」

「現在不是因為疫情的關係，大家都過得很辛苦嗎？只要是生活有困難的人，都可以申請補助金，我們可以代替你申請。只要申請，就可以馬上領到五十萬現金。」

「請問，那是……」

「別擔心，這是政府發的錢，不會有問題。」

耀太的體溫降到了他難以想像的程度。如果父母沒有做生意，如果之前沒有和媽媽通電話，也許他不會察覺這件事。但是——

「你是說持續化給付金……」

如果是自己做生意等受到疫情影響的行業，可以向政府申請持續化給付金，但必須證明營業額比去年下滑，像老家的父母那樣真正有困難的人才有資格申請，還在讀書的耀太根本沒有資格，而且即使可以申請，金額也是一百萬——

想到這裡，他恍然大悟。喔，原來是這麼一回事，另一半被這些人抽走了。

耀太渾身發抖地意識到，自己正直認真的人生開始走歪。自己被捲入了詐騙，也許已經無法挽回了，他很懷念被甲斐斗嘲笑的那個「單純」的自己。

「不是不是，這和持續化給付金不一樣，而是每個人都可以申請的給付金，你不必擔心。這件事我改天再和你聊，記得趕快叫對方匯款。」

電話掛斷了。

他覺得心臟漸漸麻痺，他焦急萬分，又傳了訊息給未希子。

「關於上次和妳提到的事，妳還沒有匯款嗎？我想早日營救妳。」

那天之後，未希子就沒有再傳任何訊息，耀太深深嘆了一口氣，咬著嘴唇。拜託了。他忍不住祈禱，看著未希子傳來的那則「我喜歡你」的訊息。如果妳真的喜歡我，希望妳幫我這一次。他內心產生了這種自私的念頭。

等了一整天，時間慢慢流逝，未希子沒有回覆。

等到第二天，他認為沒指望了，未希子不會向自己伸出援手。

第三天，他焦急地一次又一次確認訊息。傍晚的時候，終於收到了未希子的訊息。

『我之前就知道了。』

這是她訊息的第一句話。

『我之前就知道了。

我知道你一定在騙我。其實我從一開始就發現，這可能是某種詐騙手法。

但是即使這樣也沒關係。

你到底是誰？

臉書上的大倉誠吾生日是十二月，並不是你所說的五月二日。雖然我心知肚明，但我認為這樣也沒關係。我很喜歡聽你說，你小時候，你的父母經營餐廳的溫馨往事。

無論你是誰，你願意聽我傾訴、鼓勵我，都讓我感到很高興。無論你是誰，我都喜歡你。

對不起，我沒有去匯錢。

雖然我曾經想過可能遇到了詐騙，但女兒被從樓梯上推了下來，摔斷了腿。我整天都陪在她身旁，所以無法自由外出。也許我的時間也不多了。

那一天，女兒叫著「不要對媽媽這麼過分」，保護挨打的我，結果被她爸爸推下了樓。我無法原諒他威脅我女兒的自由，我要親手殺了他，不能讓她爸爸摧毀她的人生。

所以，這應該是我最後一次傳訊息給你。

這一次，我想要發自內心對你說。

對不起。

請你忘記所有的一切。』

□

這是耀太一個半月來第一次搭電車。

雖然電車很空，但乘客比他想像的多。這件事讓他有點驚訝。雖然專家都在電視上嘆息，黃金週結束後，確診人數減少，大家的防疫意識也開始鬆懈，但按照目前這種情況，疫情很可能再度死灰復燃。雖然他並不打算像電視中經常提到的「正義魔人」那樣批評別人，但這些日子以來，他都生活在老舊木造公寓半徑不超過一公里範圍內，外面的世界對他造成了很大的衝擊，他的眼睛從剛才就感到刺痛。

他準備前往未希子位在埼玉縣飯能市的住家。

他在池袋車站下車準備換車，擁擠的人潮讓他有一種恍惚的感覺。回想起來，也許這幾天一直沉浸在這種恍惚的感覺之中。自己到底想要做什麼？他覺得自己好像做了好幾件在理智的狀態下難以想像的事。

現在自己想要做什麼？——打算做什麼？他自己也無法說明清楚，但他感到坐立難安。

——我要親手殺了他。

不能讓未希子成為罪犯，他強烈地這麼認為。

一旦跨越了那一條防線，就無法再回頭了。耀太這一陣子一直懷疑自己不慎踏入詐騙世界，切身感受到這種恐懼，一旦真的殺人，人生就毀了。到時候未希子的女兒該怎麼辦？

我要親手殺了他。這句話呼應了不久之前，未希子傳的一則訊息。

——你願意為我揍他嗎？

原來未希子希望有人殺了他，希望耀太殺了自己的老公。

雖然無法瞭解她寫那句話當時有幾分真心，但是，就像她強烈希望耀太救她，希望耀太能夠帶她離開那個家一樣，她一定也強烈而持續地希望她的老公消失在她面前。

不要輕舉妄動。妳不用匯錢沒有關係，我們來好好討論讓妳重獲自由的方法。之後我會把我自己的情況如實告訴妳——

耀太急忙傳了訊息，但未希子沒有再回覆片言隻語，這份沉默太可怕了。耀太一次又一次去看了她的臉書頁面，正在猶豫要不要再傳訊息給她，沒想到她的臉書帳號毫無預警地刪除了。

他陷入茫然，覺得未希子這個舉動是基於某種決心所做的「準備工作」，內心慌亂不已，她應該真的打算採取行動。

當他回過神時，發現自己只帶了錢包和手機，衝出了家門。

天氣晴朗，在陽光如此明媚，陽光灑滿車廂的電車上，所有乘客都戴著口罩。在這個瞬間，肉眼無法看到的病毒也在自己身邊漂浮，試圖阻止人類的行動。他突然覺得這件事很滑稽。雖然聽到那些可怕的新聞報導，以及接到父母關心的電話，他整天把自己關在家裡不出門，沒想到可以如此輕易出門，忍不住有點想哭。

從車窗照進來的陽光，照亮了飄浮在空中的小灰塵。他覺得飄浮的灰塵顆粒很美。想到這裡，他打開了甲斐斗的ＬＩＮＥ帳號，雖然始終沒有已讀，但他還是輸入了一行字。

『你騙了我，萬一我出了事，絕對會把你也拖下水。』

這次或許也不會已讀，但是他今天明確說出了平時的自己絕對說不出口的話。

他搭了幾班電車，兩個小時後，終於來到了未希子住家附近的車站。

他把地址輸入手機地圖應用程式後，上面顯示了「走路三十分鐘」的數字。他沒想到未希子家竟然離車站這麼遠，但也許這裡的人都自己開車。他從山形來到東京之後，得知每隔五分鐘就有一班電車，只要有電車和公車，幾乎可以在東京暢行無阻，不禁感動不已，只是未希子的住家雖然離都心很近，但周遭的環境和耀太老家的山形縣更相像。

他看了公布欄的車站周邊地圖。未希子告訴他的住址位在車站的南側。車站內只有麵包店、花店這些小店，附近有藥局和連鎖居酒屋，但走了十分鐘左右，零星的農田出現在住宅區之間。沿著農田拉起的黑色塑膠布隨風飄動，反射著陽光。耀太又想起了老家。

他不知道自己去未希子家有什麼目的，這種不真實感揮之不去。想要營救未希子。想要阻止她。這種想法仍然沒有改變，但是走在去她家的路上，他內心也同時產生了想要逃走的念頭，希望永遠到不了她家。也許遠遠看她家一眼，自己可能就會放下了。雖然千里迢迢來到這裡，但是──

他陷入了天人交戰，但內心強烈渴望見到未希子。雖然看到她之後，不知道會不會報上自己的姓名，但是他覺得只要看到未希子，內心的動搖就會平靜，至於接下來該怎麼辦，命運自然會做出決定。

那棟房子周圍矮圍籬上的蔓玫瑰綻放。

地圖軟體上的目標地點和目前所在地的圓點重疊在一起。手機螢幕上顯示「已經到達目的地」。

那棟房子比他想像中小。

原本以為對未希子態度如此傲慢的丈夫所造的房子，應該更大，一看就是有錢人住的豪宅，但眼前這棟日式舊房子和耀太老家的房子沒有太大差別。停在玄關旁的車子也是國產車，並不是賓士之類的進口車。

但是──當他繞過玄關，發現庭院似曾相識。未希子種植的四季花草點綴庭院，看到微微發光的鐵桌和鐵椅組合，耀太的心跳加速。他曾經在未希子上傳到臉書上的照片中看過這套桌椅。

咔嚓。突然傳來一個聲音。耀太聽到這個聲音，忍不住挺直了身體。

咔嚓。聲音再度響起。

他從長滿蔓玫瑰的圍籬上方探出身體，向庭院內張望，發現一個男人站在庭院後方。那個男人似乎正在修剪庭院內的樹木，手上拿著很長的修枝花剪，仰頭看著高處的樹枝。

當他看到那把修枝花剪，目光就無法再移開了。

──他反而用刀尖對著我──威脅說下次就會真的戳死妳──還曾經真的用剪刀剪我的頭髮──

「請問……」

就在這時，他聽到了一個聲音。

耀太倒吸了一口氣，拿著修枝花剪的男人站在庭院後方看了過來。

「請問怎麼了嗎？找我家有事嗎？」

兩個人四目相對。

眼前這個男人和夢境中高大的男人完全不一樣，比想像中老，而且看起來瘦小寒酸，根本就是隨處可見的老頭子，即使曾經在搭電車或是其他地方曾經遇見，或是曾經在街上擦身而過，也完全不會留下任何印象。他看起來很和善，戴了一副厚鏡片的眼鏡，頭頂稀疏，和臉書上的末希子完全不配。

但是，這種人就是這樣，耀太深有體會。他發現自己內心湧現了強烈的、無法原諒的感情，雖然看起來平凡善良，卻在家裡對弱小的人動粗。

面向庭院的簷廊窗戶關著，因為窗戶上裝了磨砂厚玻璃，無法看到裡面的情況。但是，末希子就在裡面。模糊不清的磨砂玻璃彷彿把她完全隱藏起來，與外面的世界隔絕。

「——我全都知道。」

前一刻，他還不知道自己來這裡幹什麼，也完全沒有任何打算，但看到那個男人，很自然地開了口。

「啊？」男人露出錯愕的表情。

你就害怕吧，耀太在心裡想著。

我知道你對家人做的好事，只要我說出這件事，你這種卑鄙的男人就會害怕。

耀太語帶顫抖地說：

「我知道你對你太太做了什麼，也知道你女兒骨折的真正原因，我全都知道。」

男人明顯露出了驚訝的表情，他果然害怕被人知道。我已經知道了，所以你不要再對未希子動手——耀太正準備繼續說這句話。

就在這時，簷廊上原本緊閉的窗戶發出嘎啦嘎啦的聲音打開了。磨砂玻璃後方出現一個人影。人影抓著窗框，探頭向外張望。耀太發現那隻手明顯是女人的手的同時，以自己也難以相信的速度，跨過了蔓玫瑰的圍籬。

「未希子。」

他原本想大聲叫這個名字，但實際發出的聲音比他想像中小，聽起來像是嘀咕。現在沒時間猶豫，只能趁那個男人不備，馬上帶她逃離這裡。

「喂，你……！」

男人大驚失色地跑了過來，向耀太伸出手，他把長柄修枝花剪丟向草皮時好像慢動作般緩慢。看到銳利的刀尖在陽光下發亮，耀太毫不猶豫地撿起了花剪。男人伸手抓住了耀太的肩膀，雖然男人看起來很瘦弱，沒想到力氣大得出奇。耀太被他的力氣嚇到，胡亂揮著花剪的長柄。兩根長柄打中男人肚子中央，男人的身體向後仰。

啊啊，原來這傢伙就是這樣打未希子。這個想法浮現腦海時，耀太的情緒更加激動。他抓住刀刃附近繼續揮動花剪，長柄打中了男人的臉和頭，而且把男人的眼鏡也打飛了。

雖然是自己在動手打人，但耀太覺得自己的身體——自己身體的某個地方很熱。身體某處有一種灼燒的感覺，但他不知道是哪裡疼痛。他低頭一看，才發現右手被花剪的刀刃割傷了。

好痛，被刀割有這麼痛嗎？

當他這麼想時，聽到了尖叫——聽到了尖銳的叫聲。耀太這才將雙眼的焦點從眼前的男人身上移向簷廊，一個女人站在那裡。

「未希……」

他想叫她的名字，但聲音失去了去處。啊？他瞪大了眼睛，完全發不出任何聲音。

一個陌生的女人站在那裡。

耀太當然不知道未希子長什麼樣子，她上傳到臉書上的照片都只能看到脖子以下的部分。但是，即使這樣，他也知道絕對不是眼前這個人，那不是耀太認識的未希子。站在那裡的是和被耀太毆打的寒酸男人相同年紀的女人，一看就知道是他的老婆。

耀太想起未希子在臉書上最後一次發文是五年前，但是，即使這樣——眼前的女人肥胖的身體完全沒有曲線，和照片上的身材差太遠了。臉上完全沒有化妝，一頭長髮隨便綁了起來。

似乎是這個女人發出了尖叫聲，她真的就是未希子嗎？——耀太原本要帶她逃走，但準備踏出去的腳步停了下來。他不知道該不該牽著她的手逃走，驚愕地瞪大的雙眼看著她，但是女人眼中只有恐懼和驚訝。

「老公！」

看起來像是未希子的女人光著腳，衝到庭院內。她沒有跑向耀太，而是跑向倒在地上，摸著挨打腦袋的丈夫。下一剎那，又聽到了更尖的叫聲。

啊！

耀太隔著簷廊，可以清楚看到屋內的狀況。老舊的木頭地板和乳白色起了毛球的地毯充滿生活感，完全感受不到臉書上那些照片中奢華的感覺。一個女生站在地毯後方，看起來像是高中生。

她可能聽到聲音走了出來，八成就是未希子提過的「女兒」，他立刻領悟到這件事。但是，那個女兒站在那裡！

她沒有骨折。

女生和耀太四目相對。她也驚愕地瞪大了眼睛，凝視著耀太。

在她的雙眼注視下——下一秒，耀太拔腿逃走了。

他丟下花剪，跨過蔓玫瑰圍籬，跑啊跑，拚命跑了起來。「別走！」後方傳來男人大叫的聲音，但他頭也不回地繼續奔跑。他在跑的時候，風吹到了傷口。被花剪割破的右手手掌好像灼燒般劇烈疼痛。「痛死了。」他出聲說道，然後陷入了混亂。然後又說了一次：「痛死我了，真的好痛。」剛才跨過圍籬時，可能很多地方都被玫瑰的刺刮傷了，除了花剪割傷的傷口以外，其他地方也都隱隱作痛。

他的心跳劇烈，心臟從內側咚咚咚地敲打。他喘著氣在陌生的街道持續奔跑，原本混亂到極點的腦袋也慢慢恢復了冷靜。

這是怎麼回事？——他思考著，用混亂的腦袋思考著。

那個女人——雖然和原本的印象不同，但她八成就是未希子。雖然看起來和臉書上的照片很不一樣，但現在大家上傳到社群網站上的照片都會美肌、修圖，身材也可能在這五年內走了樣。那一定就是未希子，既然這樣，也許應該帶她逃走。但是——

但是，她的女兒並沒有骨折。難道未希子說了謊嗎？還是她告訴自己的是假地址？但是那個庭院和之前臉書貼文看到的照片一樣，放在庭院的桌椅也和臉書上的照片一樣。

他很想馬上拿出手機確認。那棟房子真的是未希子說的地址嗎？是不是自己輸入錯誤？

他在混亂中把手伸進放手機的口袋，想要馬上確認，但隨即仰頭看著天空。他全身的汗都一下子噴了出來。

手機不在口袋裡。

怎麼可能？他摸著口袋。手掌上前一刻痛得好像在噴火的傷口一下子不痛了，他摸遍上衣和褲子的所有口袋，當他發現全都摸不到手機堅硬的觸感時，覺得雙腳掉入了漆黑的黑洞。

打人的事實爬到了他的喉嚨口，他覺得整個胃都快翻了過來。

未希子和她的家人目前在做什麼？自己到底該怎麼辦？

他想拿回自己的手機。在走去那棟房子的前一刻，耀太看過手機，那個時間點手機還在自己身上，如果手機遺失了，一定是掉落在剛才的庭院。

自己怎麼會犯這種錯？

他不知所措，渾身發抖地想。

他猶豫不決，在陌生的街道走著走著，最後連車站在哪裡也搞不清楚了。沒有手機，連方向也搞不清楚，他當然沒有勇氣再回剛才那棟房子。

他不安地顫抖著，五月的傍晚仍然有點冷，他感受到只穿了一件薄上衣的身體發冷。好不容易走到車站時，發現並不是他剛才下車的那個車站。他在不知不覺中走了很長一段路。

他當然很在意手機，在意那棟房子，還有未希子的事，但現在只能暫時離開這裡回家。

當他準備走向驗票口時。

「不好意思，打擾一下。」

當有人叫住他時，他整個腦袋、整個身體都在顫抖。

他覺得轉頭的那幾秒鐘格外漫長。「是。」他用緊張的聲音回頭。當他轉頭看向後方時，難以置信地看著兩名身穿制服的警察站在那裡。

「可以請教你幾個問題嗎？今天在這附近發生了一起傷害事件，目前凶手正在逃亡。不好意思，耽誤你寶貴的時間，可以請你提供協助嗎？」

這兩名警察可能一直守在車站，雖然他們說話的語氣很客氣，卻不容他拒絕，他右手手掌再度帶著灼熱疼痛起來。

啊啊——耀太心想。

早知道應該走路回家。

他覺得自己的人生完了。

□

接受偵訊時，耀太回答：「我無法說出詳情。」

他想要表達的就是字面上的意思，因為他也不知道到底發生了什麼事，也不知道自己到底做了什麼。

如果耀太把自己所知的「事實」全都說出來，就必須說出匯款詐騙相關的事，最重要的是——他一直在思考「未希子」的處境。

那一天，那戶人家的女主人衝到庭院，叫著「老公」，跑到男人身旁。雖然長得完全不符合耀太的想像，但如果她真的就是未希子，一旦耀太一五一十地說出實情，她老公就會知道她在臉書上和陌生男人聊天。雖然現在臉書上的帳號已經刪除，但如果被她老公知道，她曾經對陌生男人說「我喜歡你」，該怎麼辦？

那天之後，她應該和丈夫聊過這件事。她是否發現，耀太就是和她互傳訊息的對象？

「你去隈井健也先生家有什麼目的？」

「隈井……」在不知道第幾次接受警方偵訊時聽到這個名字，始終保持沉默的耀太忍不住重複了這個姓氏，「請問我毆打的那個男人姓隈井嗎？」

負責偵訊的兩名刑警聽了他的問題，倒吸了一口氣。從他們的態度中可以感受到，他們終於相信耀太並不認識那個男人。

耀太想知道隈井太太的名字。她是不是叫隈井未希子？但是他不能問警察這個問題，這件事讓他感到心急如焚。

刑警在那個問題之後，改變了偵訊的方向。

「你為什麼從自己的租屋處來這裡？」

「你為什麼探頭向那棟房子張望，是隨機挑到那棟房子嗎？」

「你平時過著怎樣的生活？」

刑警開始針對他日常的生活情況進行偵訊，耀太隱約察覺到，他們開始想像自己的犯案「動機」。也許並沒有私人恩怨，只是隨便挑選攻擊對象的隨機犯案。耀太可以感覺到刑警開始產生這樣的想像，雖然他們並沒有明確說出口，但可以感受到他們認為受到疫情的影響也是原因之一。

「你好不容易從山形縣來到東京，卻遇到了新冠疫情，心情當然會很惡劣。」

聽到刑警這種引導式的發問，耀太認為承認是這個原因比較好。他忍不住感嘆，即使是在這種狀況下，也會提到疫情。

耀太並不是用自帶的凶器打人，而是用那戶人家的花剪柄打人這件事，似乎也是讓刑警這麼認為的原因之一。此案並非計畫犯案，只是心血來潮，因為剛好對上眼，看對方不爽之類微不足道的原因，導致耀太情緒失控。刑警對這起案子漸漸建立起這樣的劇情，他們認為耀太是因為「反正就是很不爽，所以就想揍人」的理由犯案。當他們問及為什麼會選擇這裡時，耀太回答說「只是衝動地搭上電車，回過神時，發現自己在這裡下了車」，他們也一臉深信不疑的表情。

警局的拘留室內還有其他幾個人，有因為偷竊被逮的初老男子，也有喝醉酒在路上發酒瘋的男人。喝醉酒在路上睡覺的那個人並不是第一次進警局，他一臉得意地告訴耀太：「和以前相比，現在拘留室的人少太多了，因為疫情的關係，大家都躲在家裡不出門。」他身上有一股因為好幾天沒有洗澡發出的酸臭味。

「小兄弟，這就是你犯的案子嗎？你為什麼會做這種事？」

耀太自己進警局之後才知道，原來拘留室內也有報紙可以看。地方報上用很小的篇幅報導了耀太毆打那個男人的事件。看到「疫情導致壓力？」的標題，他的心情難以用言語形容。

二十五日的頭版新聞，報導了可望在今天宣布解除緊急事態宣言。之前停擺的某些事將如何重啟，新的標準如何如何——耀太看著新聞，有一種難以釋懷的感覺。重啟的「日常生活」中，當然也包括大學將重新開始上課。

這幾個月來，整天都關在家裡，覺得這樣的生活好像永遠沒有終點，沒想到——竟然要重啟了嗎？真的會有解除宣言的一天嗎？他感到渾身虛脫。

隔天，律師來找他。

警方聯絡了住在山形縣老家的父母，告知耀太發生的事件。耀太得知這件事後心亂如麻，但父母似乎透過親戚認識的朋友，委託了在東京執業的這位山田律師。

他覺得自己很沒出息，內心也充滿愧疚。

但是，聽到律師說「我可以幫你」這句話，頓時覺得有了依靠，有一種身處敵營，終於見到了友軍的感覺。雖然光是思考該如何向父母道歉，要怎麼向父母解釋，就快要哭出來了，但還是心存感激。

委託律師之後，一切的進展就很順利。律師再度前來會見時告訴他：「對方應該會同意和解。」

「幸好對方只受了輕傷，而且也並不打算把事情鬧大，提出只要我方願意付醫藥費就好。真是太幸運了，這樣可以獲得不起訴處分。」

山田對他說，耀太聽了，不停地鞠躬向他道謝。

「謝謝，拜託你了。」

委請律師和對方溝通，在耀太遭到拘留期間，就順利和對方和解了。

也許是未希子的功勞，耀太在內心想道。

她是不是向老公坦承了臉書的事？耀太認為很可能是她老公不想讓妻子不忠的事曝光，為了顧全自己的面子，所以一口答應和解。

未希子——說出了真相嗎？她不顧自身的安全，向那個老公坦承了一切嗎？

遭到逮捕的三天後，耀太獲得釋放，回到了解除了緊急事態宣言的街頭。

他順利拿回了那一天掉在隈井家的手機，只是螢幕上有兩道很大的裂痕，但幸好還能夠使用，所以他暫時鬆了一口氣。

他和山田一起回到了租屋處——忍不住感到驚訝。

他發現門把鬆動，門鎖被撬壞了，山田問他：「是不是警察來過？」耀太也很驚訝，不知所措地回答：「警察說，並沒有來家裡搜索。」

屋內一片凌亂，山田察看了屋內的狀況後說：

「有人闖空門，雖然很巧，但在你遭到拘留期間被闖空門了，有沒有少了什麼東西？」

「呃，怎麼會……」

耀太感到很困惑，然後去平時放存摺等貴重物品的地方檢查了一下。幸好存摺還在。他鬆了一口氣，在確認其他地方時，突然發出了「啊！」的叫聲。山田問他：「怎麼了？」他慌忙回答說：「不，沒事，好像沒被偷走任何東西。」

但其實那套「打工」的工具全都消失不見了。

匯款詐騙用的手機、電腦和儲存了名單的隨身碟都消失了。他悄悄用手機打開了ＬＩＮＥ，發現之前傳給甲斐斗的訊息旁顯示了已讀。就是『絕對會把你也拖下水』的那則訊息。

甲斐斗看了那則訊息，可能以為耀太要去報警，於是慌忙向那些「學長」報告，拿回了那些工具。

耀太在凌亂的房間內深呼吸，安心感和挫折感，以及後知後覺湧現的恐懼讓他雙腿癱軟。他低下頭說了聲：「對不起。」山田撫摸著他的後背，他感受著山田手掌的溫度，淚水再次奪眶而出。「對不起，對不起。」耀太在道歉的同時，為終於回到了屬於自己的地方感到安心，抽抽噎噎地哭了起來。

□

耀太一度以為自己的世界會毀滅。

一直以來，只有「單純」和「老實」的人生軌道偏了，造成了無可挽回的後果。自己打人、被警察逮捕，絕對會被大學退學，而且天下皆知，到時候——

他以為等待他的是這樣的結局，但他的世界並沒有毀滅。

首先，他和父母好好談了一次。雖然一開始，爸媽毫不意外地痛罵了他一頓。爸爸說，讓他獨立生活就是錯誤，要他回老家算了。山田律師為他解圍說：「爸爸不要這麼生氣，幸好媒體報導時，並沒有提到耀太的名字，對方也說，耀太是未來還很長的年輕人，考慮到他的前途，並不想把事情鬧大，所以是否可以請你們先冷靜一段時間之後再考慮該怎麼做？」

不久之後，媽媽說服爸爸，好不容易考上了大學，就這樣放棄太可惜了，而且原本說要去東京讀大學，突然回到山形，也會引起左鄰右舍不必要的揣測。於是決定讓耀太繼續留在東京。耀太覺得一方面是受到疫情影響，父母才會做出這樣的結論，但又想到事到如今，父母不是把重點放在自己身上，而是仍然在意這種事，不禁有點受不了。

原本以為會被學校退學，幸好沒有走到這一步。

他和山田一起去了教務課，向承辦人員說明了情況。「因為精神壓力很大，所以不太記得事件前後的狀況。」承辦人員聽了耀太的解釋後，安排他向校學相關人員詳細說明情況，最後以必須在大學的保健中心定期接受心理輔導為條件，總算保住了學籍。

因為媒體報導並沒有提到大學的名字，而且也只有一家地方報以很小的篇幅報導了這件事，所以他只受到校方的嚴重警告。和被害人和解這件事也發揮了很大的作用。山田說，如果當初還有其他媒體追蹤這個新聞，事情恐怕無法這樣簡單落幕，耀太聽了嚇出一身冷汗。很慶幸那天報紙大篇幅報導緊急事態宣言解除的消息，淡化了其他話題。

雖然和小學、國中和高中相比，大學恢復正常上課慢了好幾拍，但到了六月底，終於在保持社交距離的狀態下，在學校的禮堂內舉辦了一延再延的入學典禮，也陸續恢復了實體課。雖然仍然有一半是線上課，但去大學上課的日子增加了。

差不多就在那個時候，接到了初春婉拒他去打工的速食店打來的電話。

「不好意思，之前已經決定錄取你，最後卻又反悔。目前已經恢復了正常的營業時間，如果你還沒有找到其他工作，是否願意來本店上班？」

接到店家主動詢問的電話後，他目前每週去車站前的速食店打工三、四天，也在那裡交到了朋友。

雖然無論在哪裡，無論做什麼，都會意識到「與病毒共存」或是「日常生活和以前不一樣了」，即使如此，耀太生活周遭漸漸恢復了「日常」。世界並沒有完蛋。

在他逐漸習慣這種生活的七月中旬，那支螢幕上有很大裂痕的手機接到一通電話。

「請問是加賀、耀太先生嗎？」

電話中女人的聲音很輕，聽起來有點幼稚。

「我就是。」耀太在回答的同時心跳加速。他覺得自己內心深處，無意識地在等待這通電話。

「可不可以和你見面聊一聊？我是——」

她在報上自己的姓名之前停頓了一秒。但是，她還是說了出來。雖然語帶遲疑，但她清楚地告訴耀太。

「我是『未希子』。」

□

他們約在L大學圖書館前的廣場見面，她獨自出現了。

因為那天剛好要去學校上課，耀太想不到其他見面的地點，於是指定在這裡見面——雖然離她居住的飯能市有點距離，但她還是準時出現了。

她看到耀太時有點尷尬，動作僵硬地點頭打了招呼。耀太看到她的臉，陷入了混亂，但同時恍然大悟，原來是她。

「妳真正的名字叫什麼？」

「一華。數字的一，華麗的華，一華。」

站在眼前的是「未希子」的女兒，就是那天茫然地在屋內看著耀太闖入了住家庭院的女生。

耀太當時驚愕地瞪大眼睛看著照理說因為骨折無法自由活動的她，她也直視著耀太。「未希子」之前告訴耀太，女兒讀高中一年級。

一華有一對細長的眼睛，單眼皮，黑眼珠很大，正目不轉睛地注視著耀太。春天見到她時，她的瀏海已經遮住了眉毛，如今她把長瀏海撥向左右兩側，看起來成熟了些。耀太覺得她一頭黑髮比之前更有光澤。她戴著看起來像是自製的花卉圖案布口罩，所以看不到鼻子以下的部分，但五官感覺像古典日本娃娃。

圖書館前有很長的階梯，耀太和一華在階梯上坐了下來。他們坐的位置隔了一級，保持了足夠的社交距離。

耀太主動問她：

「——所以是妳假冒妳媽媽的名字，一直和我聯絡嗎？從頭到尾都是妳嗎？」

「對，那個『未希子』是我媽媽的帳號。她一直放在那裡沒用，我那一陣子偶然發現了她的帳號。因為那時候很閒，所以沒有多想就回了訊息，但是我完全沒想到你真的會來我家，所以嚇了一大跳。」

原來是這樣——耀太深深地嘆了一口氣。

他想起「未希子」從五年前就沒有再貼文。原來只是帳號的主人從那個時候開始，就完全沒有再玩臉書了。

「起初——」

一華娓娓道來。

「起初只是想玩玩而已，因為有人傳訊息到媽媽的臉書帳號，十之八九是詐騙，既然這樣，就來和對方玩一玩，剛好可以打發時間。」

「妳裝得太像了，我真的以為在和家庭主婦聊天。」

照理說應該生氣，但當初是耀太為了詐騙主動接近，所以就用輕鬆的語氣這麼說，一華終於收起了臉上緊張的表情，露出了微笑說：

「因為我參考了媽媽之前和別人聊天的內容，模仿她的語氣寫訊息。我以為就是上次那個人，如果真的是同一人，就希望這次由我來騙對方。」

「同一人？」

「詐騙媽媽的人？」

耀太錯失了追問的時機，默不作聲，一華繼續說了下去。

「因為臉書可以看到以前聊天的內容。媽媽差不多在五年前遇到了感情詐騙，在對方的要求之下，買了好幾十萬的飾品，聽說對方欠錢陷入困境，就好幾次從家裡的戶頭領錢，匯了不少錢過去。那時候我剛得知這件事，覺得難以置信，而且他們當時聊天的內容仍然留在客廳的電腦上，媽媽完全沒想到我和爸爸可能會看到，也讓我覺得很——那時候我因為種種原因，幾乎有點無法相信他人。」

耀太在發生那件事之後，才得知了「感情詐騙」這個名詞。

感情詐騙也稱為國際感情詐騙，國外的網友用「我愛你（妳）」、「我想和你（妳）結婚」之類的甜言蜜語，就像電影或是小說情節般展開熱烈追求，當被害人陷入戀愛後，詐騙集團就會騙取金錢。耀太雖然沒有欺騙外國人，但所做的事差不多。「感情詐騙」這幾個字刺中了他的心。

他想起未希子的——那個平凡家庭主婦的臉。雖然並不屬於特別漂亮的類型，但看起來很溫和善良。但是，耀太又想起總部給他的那份有未希子名字的名單，的確就是那種名單。

一華突然笑了起來。

「我媽真實年齡是四十五歲。」

耀太再度語塞，一華似乎對他的反應樂在其中，問他：

「你難道沒有覺得奇怪嗎？都已經有像我這麼大的女兒了，竟然只有三十五歲，只要計算一下，就知道不對勁，難道你不覺得奇怪嗎？」

「沒有，可能當時並沒有想那麼多。」

「我媽的那些貼文全都是假的，雖然並不是完全虛構，但都是用自己的照片大幅修圖，拍自己做的料理時，打光的方式根本是詐騙等級，和實物完全不一樣。她在結婚前的確曾經有工作，但並不是什麼法文翻譯——我看了她寫的那些貼文，簡直失望透頂。原來我媽是這麼無趣的人，竟然嚮往那種刻板的形象。學校停課，整天都關在家裡已經夠令人沮喪了，結果又看到我媽那種無聊的虛榮和慾求，我真的快吐了。難道她沒有想到要刪除帳號嗎？我也很受不了她的這種毫無戒心。」

「五年前，妳媽媽和那個騙她錢的人之間，有這種浪漫的對話嗎？」

「嗯，說什麼我愛你之類的情話，真是腦筋不清楚。匯了好幾十萬給從來沒有見過的對象，對方只是說了一句類似『謝謝妳，我很慶幸遇見妳』這種虛情假意的話，她就一次又一次說那種話。我無法理解，她為什麼會相信這種事？然後還寫給對方說，目前的婚姻根本是折磨，沒有自由，因為有女兒這個拖累，所以無法離婚。」

「妳看這些內容不是很痛苦嗎？」

耀太忍不住這麼問，被說成是「拖累」的當事人看到那樣的內容，不知道會有什麼感想？正如一華所說，她媽媽沒有藏好自己的臉書帳號，也未免神經太大條了。

一華聽了耀太的話，露出了驚訝的表情，但立刻笑了起來。那不是自嘲的笑或是苦笑，似乎真心覺得很好笑。

「──『大倉先生』的訊息也有這種感覺。」

「啊？」

「雖然我猜想應該是詐騙，但你有時候會關心我，不知道該說有點呆，還是有點脫線，卻可以感覺到你寫得很用心。我好幾次都忍不住產生了懷疑，咦？這個人搞不好不是詐騙集團？最後你提到錢的事，我終於確定是詐騙。」

一華看著耀太，耀太只能向她道歉說：「對不起。」

「──所以我忍不住想，搞不好真的有這個人。雖然你的經歷聽起來很假，我也不覺得這樣的人會對我媽的帳號有興趣，但聊了一段時間之後，我帶著也許你願意向我伸出援手的心情和你聊天。」

「伸出援手？」

「我想離開那個家，我真的很討厭我媽那麼神經大條。想到我這輩子都無法離開那個家，有點搞不懂人生有什麼意義。那一陣子因為疫情的關係，每天都和他們一起關在家裡已經夠煩了，他們卻說什麼多虧了疫情，再次體會到家人的重要，說無論我以後讀大學還是找工作，都要在可以從家裡通學、通勤的範圍內進行選擇，我覺得根本看不到未來。」

看不到未來。耀太聽到這句話，有一種心被揪緊的感覺。

他想起決定從山形縣來東京求學時那種自豪的感覺，但也有一種無法向前邁進的窒息感。

他想起「未希子」曾經在訊息中提到，她「不喜歡我的父母」、「我無法原諒他威脅我女兒的自由」、「不能讓她爸爸摧毀她的人生」等這些話也令他格外印象深刻。

那是一華內心的吶喊嗎？

「所以妳想逃到我在六本木的辦公室嗎？」

那是根本不存在的虛構公司，一華聽了耀太的問題，用力點了點頭。

「我想逃離我老公的暴力，你只收留我女兒也可以。我有一半相信，如果拜託你幫忙女兒，你也許願意收留，但其實我也不知道自己認真的程度到底有幾分。」

「我也能夠體會妳的心情。」

耀太說，一華詫異地看著他。

雖然現在回想起來，有點搞不懂當初為什麼會陷入那樣的精神狀態，但在對「未希子」說一些不自然的話，或是提出一些不自然的要求時，也有點搞不清楚自己到底有幾分真心，也不知道自己到底想要什麼，所有的界線都變得模糊不清。

「我明知道自己並不是六本木科技公司的老闆，也根本沒有辦公室，卻真心想要救妳，雖然我根本沒有任何能力。」

「——關於我爸家暴的事，有一半是真的。」

聽到一華幽幽地嘀咕的這句話，耀太的心臟幾乎凍結。

一華已經收起臉上的笑容。她一臉認真的表情，但並沒有表現出準備談論什麼重大事情的態度，只是泰然地注視著耀太。

「他一直罵我媽，妳沒有工作賺錢就沒有話語權，妳以為是誰在養家？家庭主婦每天閒閒沒事做，連這點事都做不好嗎？反正有很多難聽的話。在我小時候，他經常喝了酒之後就動手打我媽，我媽從樓梯上摔下來，用石膏固定。那時候我才讀幼稚園，但隱約記得這件事，只是現在我問我媽，她說沒有這種事。」

一華突然抬頭看著耀太。雖然她有點成熟，看起來像大學生，即使出現在大學校園內，也完全沒有格格不入的感覺，但她還是高一學生這件事讓他深有感觸。

一華仍然保持著淡然的態度，問了他一個問題。

「──我說的這些話，你相信嗎？這些也可能是謊言。」

「我相信啊。」

耀太不加思索地回答。一華聽了他的回答，靜靜地看著他。也許自己受了騙，但即使相信她所說的話，耀太也沒有任何損失，既然這樣，那就相信她。

「這樣啊。」

一華只說了這幾個字，垂下了眼睛。她沒有說明到底是真是假，只說了「原來你相信」這幾個字。她抬起頭說：

「雖然我媽對從來沒有見過面，感覺像是詐騙的陌生人說什麼很想離婚，很希望老公去死，但在家裡的時候很正常，即使面對我爸的言語暴力和精神霸凌，她也都忍氣吞聲。我爸雖然會對我管東管西，但並不至於太不正常。」

耀太覺得她爸爸看起來很慈祥，這兩個月來，一直很擔心自己因為誤會害他受了傷。明明是善良的人，自己受騙上當，結果打了他一頓。

耀太不知道真相如何，但也無法深入追究。

──我要親手殺了他。

一華寫這句話或許並非出自真心，但在內心深處，的確隱藏了這種「真心」的種子。她是希望她媽媽這麼說嗎？還是她自己有這種想法？也可能是無法這樣簡單說清楚的事。

「我真心希望你可以提供我落腳的地方，我就能夠離家出走，但也覺得應該是詐騙。雖然聽起來很矛盾，但這是事實。只不過後來你開口要錢，還傳了匯款帳號，我感到超失望，原來真的是詐騙。我真的很想去六本木。」

「對不起。」

「最後一次傳了訊息之後，我真的打算再也不聯絡了，所以我刪除了帳號，完全沒想到你竟然真的願意來我家，我超驚訝。看到你在庭院打爸爸，我大吃一驚，覺得怎麼可能有這種荒唐事？而且你年紀很輕，一看就不像是六本木的老闆——我不由得害怕起來。」

「嗯，這件事也很抱歉。」

看到不認識的年輕男人突然上門，毆打自己的父親，她當然會感到害怕，也當然會這麼想。

但是——耀太很在意一件事。

一華剛才說「沒想到你竟然真的願意來我家」，耀太問她：

「妳為什麼把家裡的地址告訴我？那是妳實際住的地方。」

「嗯，為什麼呢？我很希望你可以來。因為自從爸爸開始在家工作後，無論對媽媽還是對我的精神虐待都更加變本加厲，根本是暴君，所以我的確曾經想過，最好他受到上天的懲罰，被人痛扁一頓。我也曾經幻想，如果你真的來家裡，我會對你說『雖然媽媽沒辦法一起走，但她要我跟你一起走』，然後讓你帶我逃走，這樣的話，我爸媽或許會反省。但看到你真的來家裡，我只是愣在原地尖叫。」

她用不知道有幾分真實的輕鬆語氣說完後，突然用嚴肅的語氣說：

「但是，我們半斤八兩。你也把自己的手機號碼告訴了我。我打了之後，發現真的可以通，原來手機號碼是真的。」

「嗯。」

其實當時可以把「工作用」的手機號碼告訴她，但耀太也無法說明當初為什麼沒有這麼做，所以也稍微能夠體會一華說的「我們半斤八兩」的感覺。

他突然發現，他們在說話時都沒有叫對方的名字，始終都是「你」來「妳」去。如果是對其他人，這樣說話聽起來可能很奇怪，但和她之間完全沒有不自在的感覺。雖然當時兩個人都假冒了別人的身分，但當初的確是和眼前這個女生共同擁有了那段時光。

「對不起。」

一華第一次向他道歉。

「我讓你打人，害你被警察抓。我媽媽報了警，之後我把整件事告訴了他們，一五一十、毫不隱瞞地說了出來。我看了媽媽的臉書帳號，用那個帳號和你聊天，以及媽媽之前遇到感情詐騙，匯了一大筆錢的事全都說了出來。」

「妳這麼做，不是會出事嗎？」

耀太倒吸了一口氣，雖然他已經努力注意措詞，但最後還是發出驚訝的聲音。

他驚慌失措地說：

「雖然多虧妳說了出來，所以才能夠達成和解，幫了我很大的忙，但妳的爸媽應該很受打擊，妳自己也……」

「嗯，但是我覺得這樣也許可以改變一切，那是我能夠說出自己真正想表達的話的唯一機會。我做好了他們可能會離婚的心理準備說出了一切，沒想到……」

一華露出了愁容，她低下頭，沒有看耀太說：

「爸爸好像之前就知道媽媽被人騙了，匯給對方將近一百萬，但他們竟然能夠若無其事地一起生活，好像什麼事都沒有發生一樣。他們對我這次做的事，也只是說『這樣啊，原來是妳引起的』，然後就沒有下文了。他們好像不願意聊這些尷尬的事，也沒有罵我。雖然現在和我之間的關係有點尷尬，但我們還是像之前一樣生活，什麼都沒有改變。」

那一天，一華可能也做好了自己的世界將要毀滅的心理準備。

在遭到逮捕的耀太認為「自己這輩子完了」的同一天，她在其他地方也有相同的感受。

她當時一定有如此強烈的決心，但是，她的世界沒有任何改變，一如往常地持續。對耀太來說，很慶幸自己的世界並沒有毀滅，但對她而言，想必並不是這麼一回事。

「妳為什麼來找我？」

一華聽了耀太的問題，臉上的表情稍微凝重起來。

「因為我想向你道歉。」一華說，「因為我想你一定搞不清楚是什麼狀況，如果你現在仍然以為是為了營救我媽媽，總覺得你這樣太可憐了。」

「太過分了，竟然說我太可憐，明明是妳騙了我。」

「但是……」

一華露出賭氣的表情，耀太感受到和她年紀相符的可愛，比她鎮定自若地淡淡說話的樣子可愛多了。耀太情不自禁對她說：

「謝謝。」

雖然有很多話想說，心情也很複雜，但他很感謝她來和自己見面，而且她一定很害怕來和自己見面。

「我想問妳一個問題，那張蘋果派的照片也是從哪裡盜圖的嗎？就是在我生日那天傳給我的照片。」

「啊？喔喔——」一華噗哧一聲笑了起來，「那是我讓媽媽做的，她以前就很擅長做甜點，只是沒有那些照片上那麼精緻。那天聽說是你的生日，於是我就想到可以請媽媽做，然後我傳照片給你。雖然請媽媽幫忙做要送給喜歡男生的禮物，根本太好懂了。」

聽到一華說「喜歡的男生」，耀太竟然有點心慌意亂。一華說這句話應該沒有特別的意思，但他覺得在這方面太嫩了，忍不住感到害羞。

「那次真的太好笑了，你在臉書上的資料顯示是十二月生日，那天卻突然說自己生日。那天是你真正的生日嗎？」

「對，十九歲的生日。」

「是喔。」

「因為太孤單寂寞了，所以就傳了那則訊息，因為那段時間，我完全沒朋友。」

「原來是這樣。」

一華笑了起來，然後緩緩從階梯上站了起來。她恭敬地九十度鞠躬，像是在做最後的道別。

「給你添了很多麻煩，真的很抱歉。」

「喔，嗯。」

「那就這樣。」

她戴的那個花卉圖案的布口罩是她自己做的嗎？還是她媽媽做的？

你已經很幸運了。耀太突然想起曾經有人這麼對他說。

自己的確很幸運，父母幫自己付學費，還出了租房子的錢。即使一華家的經濟狀況比較優渥，她也一定覺得自己能夠離開父母讀這所大學，是極其幸運的事。雖然她說「討厭」媽媽，拒絕媽媽，但會請媽媽幫她做蘋果派，她媽媽也會為她做口罩，這應該就是一華的日常生活。別人應該也會說她「很幸運」，她自己也很清楚這件事。但是有時候正因為如此，才會有一種難以忍受的壓抑。因為耀太也一樣，所以非常能夠感同身受。

「呃，一華。」

耀太叫著她的名字，這是第一次叫她的名字。

一華轉過頭，眨著眼睛。雖然搞不清楚自己為什麼會有這個念頭，但他還是問她：

「下次要不要去六本木之丘？」

一華眨大了眼睛。

耀太並沒有什麼企圖，也沒有任何目的，其實他也搞不太清楚，但他告訴自己，應該沒有。

但是，人可以沒有任何目的或是理由，只是單純想做某件事。今年春天之後發生了很多事，他開始有這樣的想法。

「我……」他繼續說了下去，「我還沒去過，一次都沒去過。雖然經常聽到六本木之丘的名字，但甚至不知道那是什麼樣的地方。雖然我無法當嚮導，但如果妳不嫌棄……」

「太好笑了，你根本沒去過，卻自稱是那裡的老闆嗎？」

「嗯。」

「我想去。」

一華笑了起來。

耀太能夠想像她口罩下的嘴唇形狀。那是很受不了，但又很開心的微笑。雖然耀太這麼覺得，但並沒有實際看到，所以不知道她有沒有笑。雖然她可能在騙自己，但耀太暗自覺得，即使這樣也沒關係。

第五年的入學考試詐騙

玄關傳來關門的聲音。

啊。風間多佳子聽到聲音後，慌忙看向餐廳內的餐桌。看到裝了買定期票錢的牛皮紙信封仍然在桌子上，急忙跑去玄關。趿著拖鞋，打開了門，看到身穿制服的兒子走在門前路上的背影。

「大貴！」

兒子沒有回頭，她又提高音量再叫了一次。

「大貴！定期票的錢！」

兒子終於轉過頭，看到多佳子手上的信封，雖然沒有發出聲音，但露出了「啊！」的眼神。

「你不要糊里糊塗的。」多佳子一邊說著，一邊走向兒子，把信封交給他。

「路上小心。」

「呃。」

他應該想說「嗯」，但聽不太清楚。上初中之前，每次出門時，都會告訴父母「我走了」，有時候還會為「都沒有人來門口送我出門」生悶氣，多佳子也努力每天早上都在門口送他出門，但這一陣子經常不知道他什麼時候出了門。

「有沒有帶便當？」

「嗯——走了。」

這次雖然明確回答了，聲音卻很不耐煩。

大兒子讀高二時似乎更成熟些，小兒子大貴在這方面總是讓多佳子很操心。上了高中之後，他把瀏海留長，再加上他原本就經常低頭，所以最近母子之間甚至很少有眼神交會。

大貴接過信封後，立刻轉身離去。多佳子還想說點什麼，但猶豫了一下，最後默默目送他離開。多佳子剛才正在收拾早餐的桌子，所以還繫著圍裙。

回到家後，情不自禁再次看向餐桌，確認原本放在上面的便當袋的確不見了，才終於鬆了一口氣。

「大貴忘了帶什麼東西嗎？」

換上西裝的丈夫廣明問。做事一絲不苟的他正仔細地把袖扣戴在袖口上，他今天戴的是焦糖色的子母扣式袖扣，這是他喜愛的精品品牌新推出的款式，上個月他們一起去百貨公司時買了這對袖扣。

丈夫從他們剛認識的二十多歲開始，就很喜歡使用袖扣，而且經常使用不同的袖扣搭配不同的衣服。多佳子覺得他很有品味，也覺得他戴袖扣的動作很瀟灑。事後才聽說，他是受到父親的影響，才有了愛用袖扣的習慣。

「對啊，他最近經常忘東忘西，今天忘了帶買定期票的錢。」

「看來我兒子過得很爽啊，竟然會忘了帶錢。我讀高中的時候，曾經因為把買定期票的錢花光了，被我媽狠狠罵了一頓，看來大貴完全沒有這方面的慾望。」

「那孩子才不會有這種念頭。」

「誠一最近的情況如何？該不會把我們寄給他的生活費全都拿去吃喝玩樂了？」

「哥哥才不是這種人。」

多佳子在說話的同時走回廚房。

大兒子誠一比小兒子大三歲，去年考上了京都的國立大學，目前離開了位在東京的家，一個人在京都生活。他從小就是一個不需要大人操心的孩子，高中畢業就順利考上了第一志願的大學。他不需要父母的督促，就有了明確的目標和意志，多佳子幾乎從來沒有對他說過「趕快去寫功課」這句話。

「妳告訴他，如果整天把時間耗在打工這種事上，家裡可以多匯一點錢給他。」

廣明對著正在洗碗的多佳子後背說。

「好、好。」多佳子有點不以為然，「不要把他寵壞了。」

「不，這不是寵他，因為他考上這所學校很不容易。」

「你可以相信誠一這個孩子。」

廣明對兒子考進了自己年輕時很嚮往，最後卻沒有考上的大學感到很自豪，所以也忍不住擔心兒子。

「但是……」丈夫還想要說什麼，多佳子說：「下次打電話時，我會問他一下。」他聽到多佳子這麼說，才終於走出廚房。多佳子聽到盥洗室傳來丈夫漱洗的聲音，不一會兒就聽到「我出門了」，玄關的門關上的聲音。

洗完衣服後，多佳子在安靜的家中吐了一口氣。丈夫和兒子出門後的這段時間，或許是她一天之中最放鬆的瞬間。

但兩個兒子年幼的時候，獨處的時間更加寶貴，現在回想起來，那段需要接送去幼稚園、安排他們學才藝、輔導學校的作業和補習班功課的日子，整天忙得焦頭爛額，難以想像自己是怎麼撐過來的。

小兒子明年就要升上高三，準備考大學，但是，和之前考高中時相比，比起父母的督促，這次更需要他自己努力。從這個角度來說，父母能夠為兒女做的事或許真的不多了。

——話說回來，等到明年正式準備考大學時，自己應該還是會為他操心。就連向來功課很好的誠一考大學時，在大學放榜之前，自己也都很緊張。

今天天氣很好，也許可以去二樓陽台上曬被子，還是趁上午的時間就去買晚餐的食材？

就在她思考這些事的時候。

電話響了。好久沒有聽到的旋律響起時，她愣了一下。不是手機，是住家附有傳真功能的電話鈴聲響了。

「來了來了。」

多佳子今年四十九歲，在四十五、六歲之後，她就經常自言自語。不知道為什麼會這樣。

「喂？你好。」

「請問是風間多佳子太太嗎？」

「我就是。」

電話中傳來一個女人的聲音。她不知道對方是誰，但對方不是用她的姓氏稱呼，而是叫她的全名，讓她感覺哪裡不太對勁。

可能是什麼來路不明的業者，多佳子心想。電話彼端停頓了一下，隨即傳來了說話聲。

「不好意思，突然打電話給妳。我姓島村，今天打這通電話，是有事想請妳幫忙。請問妳在五年前是否曾經參加『雅子學堂』？」

多佳子終於發現了對方哪裡不對勁，那個聲音聽起來很苦惱，雖然說話的語氣很平穩，但聲音很高亢，顯然情緒很激動。

「請問……」

「我也一樣。」

原本以為對方想拜託自己介紹她加入雅子學堂。多佳子離開那個學堂已經很久了，不知道學堂目前是否還在繼續經營，當時「雅子學堂」受到一小部分人狂熱的喜愛。只有內行人才知道，而且無法輕易加入——所以當有人介紹多佳子加入時，她也樂不可支。回想起自己當時的心情，忍不住產生了這樣的感想，但既然對方說「我也一樣」，就代表她已經是那個學堂的學員。

既然這樣——多佳子暗想著，那個自稱姓島村的女人繼續說了下去。

「今年，我兒子考上了初中。在考上之前，向雅子老師支付了一百五十萬圓的預考費，作為想要報考的第一志願群雲中學的特別介紹費。」

心臟劇烈跳動起來，前一刻完全沒有意識到心臟的存在，多佳子只感到納悶。為什麼現在提這件事？我兒子考初中已經是多年前的事了。

「風間太太，妳兒子五年前考初中時，妳是不是也支付了這筆錢？」

「呃，不好意思，請問妳……」

「妳知道那是詐騙嗎？」

「啊——」

「那是詐騙，我們被騙了。」

多佳子張大了嘴，無法發出聲音。她太驚愕了，一時無法理解。電話彼端的那個聲音繼續說：

「雅子老師所說的介紹是詐騙，她根本沒有把錢交給學校。」

□

小兒子大貴準備考初中時，一位媽媽友向她介紹了雅子學堂。

多佳子當時讓小兒子也讀大兒子誠一準備考初中時，讀過的那家大型補習班，當時對那家補習班感到不甚滿意。

在東京考初中可說是一個特殊的世界，外地的學生大部分都會讀本地的公立國中，準備升高中時，才會報考理想中的高中，但東京的情況有所不同，很多學校都是初中、高中一貫校，考初中連年出現過熱現象。從小在茨城長大的多佳子並沒有強烈希望兩個兒子考私立學校或是公立的初中、高中一貫校，認為他們讀住家附近的國中也沒問題，但丈夫廣明並不這麼認為。廣明從小在東京長大，以前也曾經有過相同的經驗，所以認為「當然要在初中階段就要考理想的學校」。

「讀中高一貫校，六年期間都在同一所學校，有助於和同學之間建立良好的關係，老師也會更關心學生。雖然不知道誠一能夠努力到什麼程度，但還是讓他去讀補習班，讓他以後可以有更多選擇。」

在廣明的提議下，誠一去了廣明求學時期補習過的那家大型補習班。廣明似乎希望誠一就讀自己母校那所歷史悠久的男校，沒想到誠一剛進補習班時，成績就很出色，補習班老師說他可以報考難度更高、更好的學校，最後也如願考進了被認為入學門檻超級高的學校。

大兒子從小就很機靈，個性開朗，同學都很喜歡他，而且他不是那種死讀書的類型，天生的資質就很適合讀書，理解力很強，認真完成學校的功課和評量，對讀書這件事似乎「樂在其中」。

個性很獨立——無論是學校還是補習班的老師，都這樣評論大兒子誠一。雖然個性文靜溫和，但好勝心很強，老師還稱讚他是一個能夠獨立思考的孩子，簡直把他說成了模範生。

多佳子教育兩個兒子的方式並沒有差別，但小兒子大貴和大兒子完全屬於不同的類型。大兒子個性開朗，有很多朋友，小兒子個性卻很內向，喜歡一個人打電動。坐在書桌前讀書的時間比大兒子更久，但經常事倍功半，對考初中這件事也意興闌珊。以前大兒子都理所當然寫完評量，原本以為大貴也會寫，沒想到隨手翻了一下，竟然發現幾乎都是空白時，她差一點昏倒。即使建議他「遇到不懂的地方，可以去問補習班的老師」，他卻回答說「如果說我不懂，被老師罵怎麼辦？」從來不會主動向老師發問。因為以前大兒子在課業方面太不需要操心，所以多佳子和廣明都不知道該怎麼教大貴。

「不一定要像誠一那樣，報考那麼高難度的學校，只要能考上我的母校就好。」

雖然廣明這麼說，但大貴的成績根本無法達到廣明母校的入學分數。原本期待他上補習班之後，成績就會進步，但六年級時，他的相對平均分數的偏差數值和排名，都和剛進補習班時一樣，幾乎沒有改變。

雖說是小學生參加的考試，但初中入學考試的題目都很難，從學校畢業多年的家長很難指導孩子。

即使如此，小時候也曾經走過這條路的廣明自認為寶刀未老，偶爾也會教大貴功課，只不過多佳子完全束手無策。哥哥誠一有時候也會教大貴，但誠一自己的功課也很忙，還要參加社團活動，沒辦法整天指導弟弟。

「妳沒辦法教他也很正常，因為初中入學考試的數學很獨特。真希望我可以有更多時間在家。」

雖然丈夫這麼安慰她，但她很希望整天在家的自己有能力教大貴功課，都怪自己太沒出息了。

多佳子在考高中的時候，才第一次參加入學考試。當時報考的也不是什麼難考的學校，而是住家附近的公立普通高中。之後考進了東京的短大，畢業之後，成為東京某家大旅行社的非正規員工。那家旅行社和廣明任職的證券公司在同一棟大樓，他們在搭電梯時經常遇到，有一次廣明約她吃飯——然後就結了緣。

之前和丈夫聊天時，就經常感受到彼此的價值觀不同。多佳子無論求學還是求職都是且看且走，隨遇而安，但廣明從小到大，都是在考試和讀書所代表的競爭社會中乘勝前進，只是在大貴準備考初中時，多佳子才明確意識到這件事。

大兒子剛好是很優秀的孩子，但為什麼小兒子這麼不爭氣？丈夫以前也有過考初中的經驗，而且也有能力教兒子功課，如果有什麼扯後腿的要素，會是誰的問題——？

是不是目前這家補習班不適合大貴？她多次思考這個問題。

當初因為丈夫小時候曾經讀過，而且是大型補習班，所以沒有多加思考，就決定讓小兒子也去這家補習班補習，這個決定是不是太失策了？也許這家補習班適合會讀書的學生，也許有更適合大貴的補習班，也許某個地方有氣氛輕鬆自在，能夠慢慢激發大貴的幹勁，好像會施魔法般的補習班？

原本覺得報考初中只是為了增加兒子的選項，如果真的考不上，讀本地的公立國中也沒問題，但她漸漸開始祈禱兒子能夠考上一所私立學校，無論是哪一所學校都好。之前曾經聽說大兒子的同學中，有人報考了多所學校，最後「全軍覆沒」。原本以為這種事和自己無緣，但現在才發現，也許相同的情況會發生在大貴身上。

差不多就在這個時候，聽說了雅子學堂的事。

「其實讀哪一家補習班並不重要，現在才開始著急，覺得也許有更適合自己孩子的補習班，只是父母的乾著急。小孩子自己會努力，重要的是必須充分相信補習班，更重要的是相信自己的孩子。」

這位媽媽名叫後藤靜香，大兒子讀小學時，她是大兒子班上一名女生睦美的媽媽，她們曾經一起擔任家長會委員。睦美在考初中時，考上了都內一所偏差值超過六十的私立女子中學，目前正就讀附屬的大學。

多佳子那天去附近買菜時，剛好在超市巧遇她，她說如果不趕時間，邀請多佳子一起去喝杯咖啡。

「多佳子，真高興遇到妳。誠一畢業的時候，我們舉辦的那次畢業旅行，妳不是沒辦法來參加嗎？當時還在想，下次有機會再邀妳，沒想到之後就沒有再遇到。」

很有時尚感的她推開臉上的墨鏡，面帶微笑地說。

六月的初夏陽光很強烈。

她們走進咖啡店，點了冷飲後，終於聊到了考初中的話題。多佳子用分不清是在抱怨還是訴苦的語氣告訴靜香，讀六年級的小兒子和大兒子完全不一樣，都快夏天了，還在為考初中陷入苦戰，而且可能選錯了補習班。

其實讀哪一家補習班並不重要，靜香對她說了這番話。

多佳子聽了感到很驚訝，甚至有點不知所措，覺得完全說中了自己內心的不安。

靜香噗哧笑了起來。

「……好啦，其實這番話是我現學現賣。我之前為了女兒考初中的事很煩惱時，一位教育顧問的老師對我說了這番話。當孩子的學習狀況不理想時，就會忍不住想，不知道哪裡有魔法補習班或是魔法老師，讓小孩子的成績有明顯的進步，但其實這只是逃避現實。每家補習班都有各自的方法和教學計畫，一旦讀了某家補習班就要相信他們，最糟糕的就是中途開始失去信心，然後換其他補習班。除非真的很不適合，否則就要相信到底，這件事很重要。」

「教育顧問的老師？」

「嗯，妳不知道嗎？就是雅子老師，她的兩個孩子都在高中一畢業，就考上了國外的大學，而且也出過書。」

多佳子也知道，有許多專家根據自己的育兒經驗談論教育，之前也曾經在報紙上看過這方面的演講廣告，只是她之前向來不太在意。雖然她第一次聽說「雅子老師」這個名字，但她之前一直以為，媒體上看到的那些「成功教育兒女的母親」家庭，是那些孩子原本就很優秀，或是因為生長在那樣的家庭，所以才能夠成功的特殊案例，自己無法模仿，那些經驗也不值得參考。

多佳子語氣委婉，但坦誠地表達了這樣的想法，靜香笑了起來。

「我懂、我懂，因為我以前也這麼想，但是雅子老師的指導很實用，感覺不是針對孩子，而是訓練我們家長的精神，所以當初我女兒考初中時，我也完全沒有任何不安。」

「什麼？妳也會不安嗎？」

「會啊會啊，我覺得升學考試這件事，其實是在考驗父母到底能不能相信自己的孩子，即使父母平時陪孩子讀書，最終還是孩子自己走進考場。雅子老師會針對不同類型的孩子，指導父母該如何陪伴孩子走過這段路，所以她的建議很有參考價值。而且她也非常瞭解有關升學考試的最新消息，即使孩子目前的偏差值很低，她也會介紹一些未來有成長性的初中。」

「原來是這樣，那我去買她的書來看，在網路上搜尋就可以找到嗎？」

靜香看到多佳子表現出積極的意願，突然露出嚴肅的表情說：

「如果妳真心想瞭解，要不要我告訴妳有關雅子老師更詳細的情況？」

真心想瞭解是什麼意思？靜香又繼續說道：

「不瞞妳說，雅子老師除了出書以外，還開設了一間學堂，也可以說是學習會。」

「學堂？」

「對，學堂採用需要熟人介紹才能加入的完全介紹制，人數雖然不多，但雅子老師很熱心地輔導每一位學員，也能夠精準掌握每一個孩子的狀況，針對每個人的情況提出個別的建議。我女兒考初中那段時間，比起補習班的老師，最後那段期間，雅子老師對我的幫助更大。」

「睦美考初中時，妳曾經參加那個學堂嗎？」

「嗯。」

「這樣啊。」多佳子在點頭的同時，想起大兒子之前考初中時的情況。當時和靜香聊了很多考試的事，靜香也曾經說「誠一很優秀，真羨慕妳」之類的話，但她從來沒有提到教育顧問，或是她參加那個學堂的事——也許她是故意隱瞞。

多佳子經歷了大兒子考初中之後發現一件事，即使家長之間的感情再好，都不會輕易說出真正有用的資訊，這似乎已經變成了一種默契。

但是，靜香為什麼現在告訴自己這件事？——八成是因為不同年級的關係。如果是相同的年級，彼此就是競爭對手，但如果是不同的年級，就會願意把自己辛苦掌握的資訊，分享給之後準備參加入學考試的家長。多佳子遇到孩子和大貴年紀不同的家長，也很樂意分享大兒子以前考初中時的事。

「雅子老師是專門研究初中入學考試的教育顧問，她出過書，也經常有人邀請她去演講或是舉辦講座，但她刻意避免上電視，所以在這方面也很值得信任。同時學堂的學員人數並不多，因為她認為這樣才能夠維持學堂的素質。雅子學堂剛好在我有辦法搭車前往的地方，真是太幸運了。」

靜香願意分享這個資訊的重要原因之一，就是因為大貴的成績不理想。誠一雖然很優秀，但他的弟弟目前很傷腦筋。多佳子感受到靜香隱約透露出的優越感，但她並不在意。

「妳想不想進一步瞭解？」

多佳子聽了靜香的問話，探出身體用力點頭。

「我想瞭解。」

雅子老師的全名是十條雅子，原本是為企業諮商的經營顧問。

雖然教育和育兒並非她的專業，但在工作之餘，經常有客戶向她請教這方面的問題，她分享了自己育兒，和兒女參加考試的經驗後，客戶紛紛表示「受益無窮」、「希望除了工作以外，也可以提供有關孩子考試方面的諮商」，於是，她漸漸覺得比起經營諮商，和大家分享教育的經驗更有意義。

多佳子上網搜尋了靜香告訴她的名字，網路上立刻出現了採訪雅子老師的報導和相關著作。

『經營方面的諮商並不是非我莫屬，即使由別人提供諮商，客戶的公司可能也會成長，但是在教育和育兒方面，會有人需要只有我才能提供的意見。但是，日本的升學仍然很崇拜名校，大家都不瞭解哪些學校致力於哪些方面的發展，這種情況讓人看了很著急，所以我很希望能夠盡一點棉薄之力。』

多佳子瀏覽了和著作介紹一起出現的簡短內容。雖然她的著作是由一家從來沒聽過的出版社出版，但出版社的名字中有「教育」兩個字，可見應該是專門出版教育相關專業書籍的出版社。

除此以外，還搜尋到幾張雅子老師露出落落大方微笑的照片。她完全沒有企業顧問讓人聯想到的冷酷感覺，看起來就像是隨處可見的家庭主婦，這件事令多佳子感到意外。

「不瞞妳說，書上寫的內容有很多都是泛論——這並不是雅子老師真正厲害的地方。」

靜香滔滔不絕，說話的語氣充滿熱情，好像在說自己的事。

「她不愧曾經是能幹的經營顧問，資訊的準確度很高，像是哪一所中學經營高層中的某個人，似乎被另一所學校挖角，所以那所學校目前還沒沒無聞，但趁這個機會報考那所學校很『物超所值』，或是那所學校雖然說要增設注重全球化教育的學程，但目前缺乏完善的準備，即使目前入學，也無法接受這個方針的教育——她簡直就像變魔術般說中所有這些情況。」

「好厲害……」

「對不對？但這種內幕消息當然不可能寫在書上，所以只有去學堂，才能真正體會到雅子老師到底有多厲害。」

「總共有多少會員？」

「妳是說學員嗎？雅子學堂並不會稱大家是會員，而是稱為學員。學堂的學生不是我們的孩子，而是我們這些家長。」

靜香好像在說秘密般笑了笑。

「雖然不同日子去學堂的學員不同，但每次差不多有五名學員，最多不超過七名。雅子老師說，如果人數太多，她就無法掌握每一名學員的狀況，所以似乎無意擴大規模。」

「加入這個學堂要花多少錢？」

「不會很貴，每個月一萬圓，參加一個小時左右的學習會或面談，雅子老師說她並不是為了賺錢，對她來說，和家長見面是為了隨時掌握入學考試的最新情勢，是研究的一部分，所以錢不重要。」

那是多佳子也有能力支付的金額，她對於無法在媒體和書上公開的第一手消息──靜香提到的「即使目前的偏差值很低，也可以讀未來有成長性的初中」、「趁這個機會報考」產生了好奇，大貴也有機會進入這種學校嗎？

「靜香，妳怎麼會認識那個學堂的老師？」

「我是聽以前公司的同事說的，那位前輩在兒子參加升學考試時也很煩惱，和兒子的關係幾乎快出問題了，結果朋友介紹了雅子老師。那位前輩住得離學堂很遠，每次去參加活動都很辛苦，從妳家去學堂很近。」

焦急和興奮在內心翻騰，在育兒過程中，曾經多次體會這種感覺。

理想的學校、理想的老師、理想的補習班——身邊就有「理想的」環境。得知附近就有其他人不惜花好幾個小時從外縣市來參加的學堂，如果不善加利用，就好像吃了大虧，而且希望能夠考進「好學校」的心理，就是基於這種不甘心吃虧的想法。

雅子學堂只能靠熟人介紹才能加入，而且人數也很少。有人即使想要參加，也不得其門而入，但如今靜香就在自己面前，可以透過她的關係加入。

如果說這是命運，或許有點誇張，但多佳子認為自己今天得知這件事絕非偶然。

「可以請妳為我牽線，認識這位老師嗎？」

多佳子好像受到某種力量的驅使，情不自禁地問。

□

多佳子一直以為一旦事跡敗露，大貴會被學校開除。

多佳子握著電話，在極度混亂中只有一個念頭——該來的還是躲不過。如果可以，希望這個瞬間一輩子都不會出現。

但是，到底是怎麼回事？她之前一直以為，一旦事情曝光，她和大貴母子會遭到譴責。不是透過正式的考試，而是因為「特別推薦」而遭到錄取，一旦被人發現，即使不至於遭到開除，大貴也會因為太丟臉而無法繼續留在學校內。多佳子很擔心這種情況發生，所以從大貴初中的入學典禮至今，她都感到提心吊膽。

但是，電話彼端的這個女人剛才說什麼？雅子老師是詐騙，預考費根本沒有交給學校——

而且學校的名字也不對。這個女人說，她兒子今年考上了「群雲中學」，並不是大貴就讀的谷倉理科學園。

「冒昧打電話給妳，真的很抱歉，或許嚇到妳了，但我所說的都是事實。我和妳一樣，也是雅子學堂的學員，去年年底，雅子老師對我說，可以安排我兒子參加我們想讀的那所學校的特別預考。只要能夠支付預考費，就可以在正式入學考試之前參加個別預考，由校方人員仔細瞭解孩子的適性。」

多佳子覺得巨大的聲音在腦袋內嗡嗡作響，巨大的吊鐘受到衝擊後劇烈搖晃，遲遲無法停下來，震撼世界的聲音也揮之不去。女人的聲音在這個背景聲中繼續說道：

「雅子老師的這種詐騙行為已經持續多年，但我兒子沒有考上那所學校，我覺得太奇怪了，於是就向校方談了這件事，同時和雅子學堂交涉，最後終於發現，所謂的特別推薦入學完全是詐騙。」

特別推薦、預考、仔細瞭解孩子的適性——這些字眼和說法都很熟悉。五年前，在大貴考初中時，多佳子也聽到了相同的說明。

但是，對方是不是誤會了，因為雅子老師——

「風間太太，我相信雅子老師也曾經對妳說，預考並非所謂的後門入學，只是瞭解孩子適性的特殊選才。即使事先繳一百五十萬，最後也可能未被錄取，希望家長在瞭解這件事的基礎上，再決定是否接受推薦。」

多佳子倒吸了一口氣，因為對方說中了多佳子正在想的事。

「所以，我原本也這麼想，以為是因為兒子實力不足，才沒有考取那所學校。但是，之後越想越不對勁，於是就和其他學員媽媽聊了這件事，才發現除了我以外，還有不少人也都被騙了。雖然並不是所有人都受騙上當，但雅子老師都鎖定那些家中的孩子憑自己的實力，有可能考上，也有可能落榜的學員進行詐騙。」

——雅子老師應該也曾經再三叮嚀妳，絕對不可以告訴其他家長，即使對方是學堂的學員，也不可以分享這件事。

對方因為自己的兒子落榜，所以就把這件事告訴其他家長嗎？多佳子感到驚訝不已。因為她忠實地遵守了雅子老師的叮嚀，守口如瓶，就連當初介紹自己加入雅子學堂的靜香，還有一起參加雅子學堂的學員，同時也是兒子同學優太郎的媽媽，以及兒子大貴本身都沒說。連丈夫也——想到這裡，她感到胸口發悶，忍不住按著胸口。丈夫今天沒戴的玳瑁袖扣放在電視旁的櫃子上。

即使對方說是詐騙，多佳子也無法立刻相信，因為大貴考上了那所學校。之前那所中學沒沒無聞，聽雅子老師說，那所學校即將推出以致力於理科的學程，協助學生以考醫學系為目標的教育方針，整所學校也將隨著新設校區的設立煥然一新，學校的名字也改為「谷倉理科學園」。大貴報考的那一年，剛好是學校改名後要招募的第一期新生。雅子老師說，學校的經營高層中，有很多人都和她關係很好。女生通常比較早開竅，男生都大器晚成，正因為這樣，所以在入學考試時，比起考試成績，校方會將重點放在瞭解學生是在怎樣的家庭成長。高層人士希望她可以推薦她認為「這個家庭絕對沒問題」的學生。雅子老師當時注視著多佳子的眼睛，對她說了這番話。

「我認為妳和大貴絕對沒問題，我相信你們母子。」

雅子學堂會詳盡瞭解孩子在補習班的成績和平時的情況，多佳子也帶著大貴的成績單，請教雅子老師的意見，討論該報考什麼學校。

以大貴平時考試的分數，無法確保能夠考上那所學校。雅子老師說，谷倉理科學園當時還沒有正式推動教育改革，所以當時的錄取分數並不高，但到了報名期，熱門程度將爆炸性成長——到時候競爭會很激烈，分數根本無法發揮太大的作用。

事實上，谷倉理科學園那一年的競爭率遠遠超過預期。

大貴在激烈的競爭中考上了那所學校，在分多次舉行的入學考試的第一天、第一次考試中，就順利過關了。

以大貴的實力，絕對不可能做到。

「呃……妳兒子沒有被錄取，真的很遺憾，但是我兒子……」

多佳子仍然陷入混亂。雅子老師當時說的預考，不是只限於谷倉理科學園，不是只和我分享的特例中的特例嗎？她完全不知道電話彼端的那位母親說出的學校名字不同，狀況和報考年份都不同，卻發生了相同的事。

她一心想著，絕對不能承認。我們家——我絕對沒有付錢。一旦承認，大貴就會被學校開除，而且名譽掃地。

這個人只是因為自己的兒子落榜，所以無法面對現實。

電話彼端的島村聽了多佳子的回答後，仍然很冷靜，她用泰然的語氣說：

「我也向在雅子學堂擔任事務工作多年的人瞭解了情況，她叫早川小姐，妳認識她嗎？不瞞妳說，也是因為早川小姐拿出了之前的名冊，我才會知道妳的電話。」

多佳子想起了之前經常去參加活動的雅子學堂的景象，那名女性工作人員每次都身穿深藍色套裝，用髮夾固定的白髮很清爽，沉默寡言，總是為學員倒茶，多佳子也曾經多次和她談論事務方面的事。

「她也承認雅子老師詐騙，所謂的預考，都是雅子老師在自導自演。在預考時見到的所謂校方人員中，是不是有一個稍微有點年紀的男人？那個人是雅子老師的老公，根本不是校方人員。」

島村說的情況有和多佳子記憶相符的部分，當初見到的兩個擔任學校法人理事和經營高層的男人中，的確有一個年紀稍長，多佳子在大貴進行預考的那棟高樓內，見到了那兩個男人。

「作為考場使用的那個小房間，也是借用雅子學堂初期學員中，一名公司老闆所加入的俱樂部。我也聯絡了那些人，他們也很相信雅子老師，原本以為雅子老師租用的目的只是辦研討會，做夢都沒有想到竟然用於詐騙的面試。他們也都被騙了。」

她在電話的另一端再次強調：

「那次的面談是詐騙，她當然沒有把錢交給校方。一旦學生真的考上，他們就假裝是他們幫了忙；萬一落榜，就說沒有緣分，然後把錢退還給家長。」

多佳子猛然想起一件事。

沒錯，之前忘了這件事。雅子老師曾經對她說，如果落榜，和那種學校沒有緣分時，有時候會退還特別推薦的考試費。所以多佳子完全沒有起疑心，還認為這是很有良心的行為。

既然這樣，這位母親不是應該收到退還的錢嗎？

「這也是她的手法，所以只能說很巧妙。為了避免整件事曝光，避免遭到怨恨，把錢退還給落榜的人。我認為這種行為太卑鄙了，實在無法接受。」

島村激動地繼續說了下去。

「這種行為不是無法原諒嗎？我們正在討論由早川小姐出面檢舉雅子學堂，向警方報警。目前已經請教過律師的意見，我們打算同時提出民事訴訟，為此正在尋找願意加入原告集團的成員。我突然拜託妳這件事，妳可能會很驚訝，但我打這通電話的目的，就是希望妳也能夠提供協助。」

「請問……但是，妳不是並沒有金錢上的損失嗎？不是把考試費退還給妳了嗎？」

她脫口問道。問出口之後，才感到後悔。說太多話，等於承認自己當初付了錢。

電話另一端的溫度似乎陡然下降。

「但是，不能讓這種事繼續下去。目前有不少人加入我們，已經開始著手進行準備。」

「準備……」

「風間太太，不好意思。」

對方一直很客氣地稱呼素不相識的自己「風間太太」，不知道她平時是什麼樣的人。多佳子努力想像著。多佳子不喜歡那些一見如故的自來熟家長，但電話中的這個人如果在平時遇到，可能只是富有理智、很容易親近的人。現在只是感到義憤填膺——再加上自己兒子入學考試碰壁的怒氣和困惑，才會變成這樣。

「反正只要我們這些被害人報警，警方就會展開偵訊，到時候也可能因為偵訊或是偵查給妳添麻煩，既然這樣，妳是否考慮加入我們一起奮戰？」

想必她除了多佳子以外，還聯絡了很多人，多佳子覺得她的說明似乎經過充分的推敲。

雅子學堂的預考。多佳子當時支付的考試費並不是一百五十萬，而是一百萬。她和廣明討論，打算籌這筆錢，然後——

她突然感到渾身發冷，雙腳開始顫抖。

詐騙。

雅子老師是詐騙。

多佳子付了那筆錢後心生愧疚，大貴入學之後，就沒再去過雅子學堂。那段時間頻繁出入學堂，向雅子老師傾訴內心的煩惱，也很依賴雅子老師，那段時光宛如一場美夢，多佳子也沒有介紹任何人去雅子學堂。

她想到了大貴。

如果是詐騙，如果真的是詐騙，不就代表大貴是憑自己的實力考進了谷倉理科學園嗎？突然聽到這件事，多佳子仍然無法相信這個事實。

丈夫和大兒子，還有補習班的老師都欣喜若狂地說：「大貴，太棒了！」只有多佳子無法發自內心感到高興。

即使收到錄取通知書，即使走進校門辦理入學手續，即使學校為大貴量了制服的尺寸，即使多佳子自己去了家長會，內心仍然無法安心。大貴的成績沒有達到這所學校的錄取分數線，不知道哪天會發生什麼事，導致大貴被學校退學。即使大貴進了這所學校，成績也一定墊底。在一群優秀的學生中，只有他一個人跟不上——她覺得自己用這種不安，換到了大貴的入學資格。

幸好大貴的成績並沒有墊底，不僅如此，升上高中時，成績雖然無法名列前茅，但排名已經進入了前半段，多佳子認為這正是雅子老師所說的「男生大器晚成」來說服自己，大貴只是進步的過程花了更久的時間，所以繼續留在這所學校也沒問題。

她以為不會再追究這件事了。聽說雅子老師引薦的那兩位「經營高層」的理事，平時很少去學校，但在參加學校的紀念活動時，多佳子還是會無意識地在禮堂的舞台上尋找他們的身影。她對在學校的各種活動中，從來沒有看到過他們暗自鬆了一口氣，認為除了理事長以外，其他人平時的確幾乎不會來學校。然而，現在這件事有了完全不同的意義。

多佳子的確從來沒有在兒子學校看過那兩名「理事」。

她發現後背和腋下都被汗水弄濕了，剛才洗碗弄濕的圍裙突然變得沉重起來。

她已經無法回到十分鐘前，還帶著輕鬆心情做家事的自己。這麼一想，就覺得實在太莫名其妙，忍不住想哭。

多佳子也知道預試是歪門邪道，但她告訴自己，「特別推薦」、「預考費」之類的字眼聽起來很柔和，這只是特殊的巧合湊在一起，這絕對不是「走後門」——但是她也知道，這件事絕對不能告訴任何人。因為自己付了錢。

——重要的是能不能相信自己的孩子。

她久違地想起了雅子老師在那段期間耳提面命的叮嚀——相信自己的孩子。相信大貴的學力，相信他的可能性，相信他的未來。

但是，大貴真的是憑實力考上那所學校嗎？

我無法相信大貴嗎？

她感到不寒而慄，想像著萬一大貴知道這件事會有什麼反應。當時他還是小學六年級的學生，會毫不懷疑地接受父母的建議，也認為自己無法決定自己的人生，但是現在不一樣了，高中二年級的大貴正處於被稱為敏感的年紀，再度面臨人生的關鍵時刻，也能夠理解父母所做的事。

「可以請妳出面作證嗎？」

電話彼端的聲音再次要求。

□

如果雅子老師是那種出類拔萃的美女，也許自己會稍微心生警戒。比方說，容貌和身材像藝人一樣，身上穿戴一些人人皆知的名牌飾品，學堂的布置看起來也花了大錢。如果是渾身散發出這種強烈氣場的人，多佳子和其他家長可能無法接近她。

但是，在靜香的介紹下第一次踏進雅子學堂時，發現只是在普通公寓內，那棟公寓的地點雖然很好，但房子的屋齡老舊，完全不覺得特別高級。

「哇！妳就是多佳子嗎？靜香向我說了妳的情況，很高興認識妳。」

一臉爽朗地迎接多佳子的雅子老師——看起來就是普通的人。雖然臉上化著淡妝，頭髮也梳得很整齊，但衣著完全不奢華，戴著在網路上接受採訪時沒有戴的眼鏡，看起來很有生活的味道。她穿了一件下襬寬鬆的套頭上衣，有圖案的寬鬆長褲，看起來健康爽朗，完全沒有多佳子發揮貧瘠的想像力所想到的那種王牌教育專家或是顧問的感覺，在她面前不會感到畏縮。

「很高興認識妳，請多指教。」

多佳子向她打招呼，她也露出了微笑。

「請妳不用緊張，也希望妳能夠和其他學員成為朋友。大家來這裡都很開心，平時除了忙兒女的事，還要想很多事，所以整天都很累，至少在這裡的時候，要好好放鬆一下。」

雅子老師的年紀大約五十五、六歲，也許她只是皮膚很好，但實際年齡超過六十歲。

靜香說的沒錯，學堂的人數並不會很多，那天只有六個人。那幾個人也都受到了雅子老師開朗態度的影響，紛紛親切地向多佳子打招呼說：「妳好。」這些媽媽都是T恤和牛仔褲的輕鬆打扮，沒有人穿得很正式。

太好了，和兒子學校和補習班同學的家長差不多——多佳子這麼想著，打量周圍的環境時，和一名學員四目相對。那名學員一頭短髮，穿著橫條紋襯衫，看著多佳子，輕輕眨了眨眼睛。

咦？多佳子忍不住感到奇怪，對方向她輕輕點頭打招呼。多佳子也立刻點頭回應，然後坐在學堂內準備好的椅子上。

雅子學堂隔週舉辦一次「學習會」，沒有學習會的那一週則是「面談」。也就是說，這些固定的學員一起聽雅子老師上課後，隔週進行各別面談，私下和老師聊天，學堂的活動以這兩種形式輪流進行。

雖說是學習會，但並不是老師站在黑板前上課，而是在家中客廳般的空間，大家一起坐在椅子或沙發上喝茶聊天。

雅子老師巡視每個人的臉說話。

「去年的入學考試中有很大變動的問題，今天就來分享一下去年的考生面對這些變動的情況。從結果來說——去年的很多家長都說缺乏充分的準備，考完之後才終於瞭解是怎麼一回事，但雅子學堂的學員都說，看了我事先介紹的一篇歸納總結的報導內容，事先掌握了出題的方向性。我等一下也會把相關的報導發給妳們。」

有幾個女性工作人員在雅子學堂處理業務工作，早川也是其中一人。在雅子老師開始上課時，工作人員也把雅子老師提到的報導影本發給了她們。

低頭一看，發現是多佳子也知道的教育資訊雜誌上的一篇〈新．入學考改革〉的報導。雅子老師露出了笑容，那是和其他人交換眼神的親密微笑。

「無論是網路的報導，還是專業雜誌，每天都會報導很多內容，根本來不及追所有的內容，而且各位家長也不知道什麼意見才正確，更何況雜誌所刊登的內容未必都正確。但是各位請放心，我會為妳們挑選出真正需要的資訊，妳們只要看這些內容就足夠了，不需要花時間再去查其他的資訊。」

雅子老師爽朗的說話方式讓人忍不住深受吸引。個性開朗又可靠——雅子老師的身上散發出這種「為母則強」的魅力。

雅子老師說的沒錯，每天都接觸到很多關於小孩子教育的消息，越覺得必須深入瞭解，就越不知道該以什麼作為指導方針，進而陷入混亂。要求小孩子做為數龐大的評量、測驗卷也有同樣的問題。

只要看這些就好，只要做這些就好，這種話是很甜蜜的誘惑。

「妳是風間大貴的媽媽，對嗎？」

多佳子準備回家時，有人叫住了她。原本以為這裡沒有任何熟人，所以忍不住驚訝地轉頭看向對方。原來就是剛才學習會之前四目相對，向多佳子點頭打招呼的那個媽媽。

「我叫廣惠，是大貴同學北野優太郎的媽媽，我記得他們也上同一個補習班。」

「喔——」

多佳子雖然點著頭，但這是她第一次和對方說話。大貴的年級有三個班，即使是同年級的同學，她也無法記得所有同學家長的臉。如果是大兒子的同學，因為是第一次當家長的關係，所以會努力記住其他家長。到了小兒子的時候，已經有了經驗，心情上也比較從容，也就不像以前那麼在意。

「我看到妳時很驚訝，請問是誰介紹妳來這裡？」

「是大兒子同學的媽媽。」

多佳子沒想到會遇到大貴同學的家長，但覺得有認識的人，也可以壯膽。對方點了點頭說：

「原來是這樣，大貴的哥哥很厲害，因為那也是我兒子很想考的學校，我之前就很希望有機會請教妳。」

多佳子聽了這句話愣了一下，今天第一次和對方說話，她竟然知道大貴的哥哥誠一考進了哪一所學校。

考初中的時候，有些家長會為孩子選擇沒有同一所學校同學的補習班。因為讀同一所學校，學生之間就會產生競爭意識。

為什麼會有競爭意識？多佳子之前不是很瞭解，有很多學校可以報考，所以也有很多選擇。每個學生會根據自己的成績報考不同的學校，如果要談論競爭的問題，無論在補習班還是學校，同年級的所有人都是競爭對手。

但是，如今開始為大貴考初中的問題煩惱時，能夠體會這種感覺。雖然隱約覺得有很多學校可以報考，但是和認識的人談論時，就會產生強烈的競爭意識。

「大貴也要考和他哥哥同一所學校嗎？」

「不，大貴和哥哥個性不同，應該會想讀不同的學校。」

多佳子含糊其辭，沒想到廣惠露出意外的表情說：「這樣啊，下次有機會要不要在上課之前喝咖啡？」

「好啊，那我們再約。」

和廣惠道別後，從雅子學堂回家時，看到大貴躺在沙發上玩遊戲。大貴經常人小鬼大地說，放學回到家，去補習班之前，吃媽媽為他準備的點心、玩遊戲的這段時間，是他「短暫的休息時間」。

他上了一天的課回到家，然後還要去補習班繼續上課到深夜，所以多佳子之前不想把他逼得太緊，向來不會多說什麼。但是明明是自己同意大貴利用這段時間放鬆一下，有時候看到他在玩遊戲，還是忍不住感到焦急，大聲斥責他：「補習班的功課做好了嗎？」「你還有時間玩遊戲嗎？」

那天在雅子學堂時，雅子老師剛好提到這件事。

「當媽媽把內心的焦急發洩在孩子身上時，孩子會感到極度難以理解。姑且不論對錯，在小孩子眼中，媽媽就是制定家裡規矩的人。如果針對同一件事，因為媽媽心情的好壞，有時候挨罵，有時候卻不會挨罵，小孩子就會陷入混亂——各位媽媽不用擔心，每一位考生遲早都會產生讀書的動力，請你們要相信自己的孩子。」

相信孩子。在雅子學堂會經常聽到這句話，這也是學堂基本中的基本。

「北野優太郎是怎樣的孩子？你們不是讀同一個補習班嗎？」

「啊？」

正在吃冰棒、打遊戲的大貴稍微抬起頭看著多佳子。

「為什麼突然提到優太郎的名字？妳在哪裡遇到他嗎？」

「因為剛好有機會和優太郎的媽媽聊了幾句。」

多佳子並沒有告訴大貴，自己開始去雅子學堂上課的事。她向丈夫廣明提過這件事，廣明聽說是靜香介紹的，很乾脆地回答說：「既然是她介紹的，應該是好地方。」

「他的成績比我好很多。」

大貴說。多佳子愣了一下，才意識到他在說優太郎的事。大貴已經再度低頭看著遊戲的螢幕。

「原來是這樣。」

「他在前段班的校舍上課。」

「是喔。」

多佳子想起主動向自己說話的北野廣惠。一頭短髮，橫條紋襯衫，感覺是和藹可親的媽媽。

既然優太郎想要報考和誠一相同的學校，也許他的成績也很不錯，但多佳子內心還是產生了一抹不悅。

他的成績比我好很多，也是在前段班。

之前一直以為，大貴也會進步。大貴的考卷很多都是因為粗心而被扣分，明明答案寫對了，卻寫錯了漢字，或是沒看清楚題目的意思——只要改正這些部分，成績就會不一樣，所以多佳子一直都期待他能夠改正粗心的問題。但是，既然大貴每次都粗心，就不得不承認這種粗心也是實力的一部分。

原本一直期待大貴有朝一日會進步，但其實有的學生一開始就有那樣的成績，已經在前段班了。

明明之前一直告訴自己，大貴就是大貴，盡可能不和其他同學比較成績，但多佳子發現自己內心很受打擊，於是不再繼續想下去。

□

多佳子接到了北野廣惠用LINE傳來的訊息。

當她們的兒子都考完試，她們也不再去雅子學堂後，就漸漸不再聯絡了。

接到廣惠久違的聯絡，多佳子心想，該不會──

原本以為廣惠只會寫一些無關痛癢的問候，和一些無聊的近況分享，沒想到簡短的訊息內容在「好久不見」之後，直接進入了正題。

「最近有沒有空見面？我有事想要請教妳，也想和妳商量一件事。」

多佳子忍不住深呼吸。其實多佳子最近好幾次都想和她聯絡，所以內心感謝她的主動聯絡。

多佳子表示也很想和她見面，然後最後認為最好約在家裡見面。不是約在咖啡店或是餐廳，指定約在家裡見面，彼此就已經知道談話的內容了。

「要不要來我家？只要是大貴去學校上課的時間，我們可以慢慢聊。」

廣惠看了多佳子的提議後回覆說：「謝謝。」

多佳子無法把接到自稱姓島村的那個女人的電話，和島村說雅子學堂是詐騙的事告訴任何人，連丈夫和孩子都不敢說。對於是否要加入原告團體這個問題，她對島村說，無法立刻答覆。島村應該也不認為她能夠馬上做決定，所以回答說「我瞭解了」，並留下了電話，希望她「決定之後，再和我聯絡」。多佳子問了她們委託的律師名字，覺得島村詳細說明的情況可信度很高。

掛上電話後，多佳子猶豫了一下，相隔數年，再次撥打了雅子學堂的電話。因為她認為搞不好打電話給自己的「島村」才是試圖詐騙，以訴訟為由，邀請多佳子和其他人加入，然後再巧妙地勒索她們。

我知道妳兒子入學的秘密，如果妳不希望我公諸於世，就付錢給我當封口費——萬一真的遇到這種事該怎麼辦？只不過多佳子仍然無法馬上懷疑當初那麼親切指導的雅子老師。

她撥打了雅子學堂的電話，卻無法接通。

『您所撥的號碼是空號。』電話中傳來電腦語音的聲音。也許只是辦公室搬走了，只要查一下，或許就可以查到雅子老師的下落，只要聯絡當時的其他學員——

多佳子腦海中浮現的不是別人，就是北野廣惠。

「——多佳子，雅子老師當時……也曾經問妳嗎？」

見到廣惠後，發現她比五年前經常見面那陣子豐腴了些，臉上的皺紋也變得比較明顯。雖然平時很少意識到這件事，但看到廣惠的樣子，覺得歲月真的不饒人。自己的外形也應該同樣有了歲月的痕跡，廣惠眼中的自己應該也老了五歲。

廣惠單刀直入的問題，讓多佳子正拿著茶壺倒紅茶的手差點停下來。但是，多佳子掩飾了內心的慌亂，繼續把茶倒進茶杯。

丈夫和兒子都不在家，濃濃的紅茶香氣和熱氣在客廳中飄散，她把茶杯放在廣惠面前。

「妳說雅子老師問我，是指報考學校的預考嗎？」

「對。」

「是啊，而且——我也付了錢。」

多佳子下定決心，搶先承認了這件事，廣惠倒吸了一口氣，注視著她的臉。

多佳子也想問廣惠同樣的事。她們之間已經好幾年沒有聯絡，廣惠在這個時間點和自己聯絡，想必她也接到了那個自稱是「島村」的女人的電話。

既然她也接到電話，代表她也是「受害人」。

也許是因為在「雅子學堂」這個特殊的環境認識的關係，多佳子和廣惠在談論升學的問題時向來都直言不諱。和其他在學校或是補習班認識的家長不同，只有她們才知道雅子老師提供的消息，這件事縮短了她們之間的距離，而且對那些沒有參加「雅子學堂」的家長也有一種優越感，所以她們那一陣子關係很親密。

最重要的是，優太郎在補習班內被分到前段班，和大貴想要報考的學校和狀況也不一樣，彼此之間的處境有很大的落差，所以才有很多話可以聊。多佳子認為優太郎即使不參加預考，也完全可以憑實力考進那所學校。

但是——

「所以雅子老師當時也向妳提了這件事嗎？」

「對，她對我說了好幾次，說想特別推薦我兒子，還說只有我兒子。原來是這樣，她也問了妳。」

多佳子原本以為和廣惠之間無話不說，但又總覺得並非毫無隱瞞。雖然聽起來很矛盾，但她當時的確有這種感覺。雖然彼此分享了百分之百的事，但並沒有到百分之一百二十的程度——多佳子始終有這種隔了一層紗和秘密的感覺。

廣惠戰戰兢兢地問：

「妳說付了錢，是大貴目前就讀的谷倉理科學園的考試嗎？」

「嗯，雅子老師說，增加新的學程之後，整所學校都會煥然一新，就像新成立的學校一樣，所以只有現在有這種特別的機會，金額是一百萬。」

廣惠抿起嘴唇。

多佳子毫不猶豫說出了事實，因為她猜想雅子老師也對廣惠說了某所學校的名字，要求她付了同樣金額的考試費。優太郎雖然沒有考上第一志願，無法成為誠一的學弟，但考上了另一所私立男校，也進入那所學校就讀。問題是——考試這種事，很難預料會發生什麼狀況，優太郎當時的成績比大貴好很多，可能因為沒有考上第一志願導致身體出了狀況，連原本十拿九穩的其他名校和中等程度的學校也都紛紛落榜，最後只考上錄取分數並不怎麼高的那所學校。

多佳子雖然感到意外，但她和其他學員，以及雅子老師都沒有明確說出口。多佳子想起雅子老師得知結果後，握著廣惠的手，不停地安慰她：「別擔心。」

——別擔心，別擔心，那所學校很不錯，我認為這是正確的選擇。

多佳子聽了之後有點失望，原來雅子老師對考試不理想的家長，只會說這種敷衍了事的安慰話。只不過這也是無可奈何的事，因為考試已經結束，任何人都無法挽救了。

她也同時感到深深鬆了一口氣。幸好——我付了錢。

幸好雅子老師有問自己的意願，在發生這種無法挽回的狀況之前，就採取了行動。

雅子學堂斡旋「預考」這件事應該是詐騙，多佳子現在明確意識到這件事，但是，雅子老師當時在學堂內所說的話並不是百分之百都是錯誤。谷倉理科學園的確像雅子老師所說的「接下來會成長」，學校推出的教育方法和課程計畫受到矚目，目前完全是一所受歡迎的學校。雖然建校歷史尚淺，但是現在想要報考那所學校，錄取分數比大貴那一年高很多，雅子老師說的沒錯，的確是那一年「物超所值」的學校。

「雅子老師當時要你們參加哪一所學校的預考？」

該不會是優太郎目前就讀的學校？優太郎當時的目標是比目前這所學校更好的學校。廣惠一時語塞。多佳子原本認定廣惠會不加思索地回答，卻沒聽到她開口，正感到訝異，她回答說：

「一樣，雅子老師問我覺得谷倉理科學園怎麼樣？」

「啊！」

廣惠眼中露出了既像是自嘲，又像是灰心的眼神。

「因為那所學校在那一年進行改革，她可能認為聽起來可信度比較高，所以就借用了那所學校的名字。我沒有付錢，因為那所學校並不是我們的第一志願。」

多佳子頓時感到耳朵發燙，但同時感到全身冰冷。

慘了，她內心湧起了這個想法。原本以為和廣惠處境相同，所以說出了這件事，但是廣惠和優太郎並沒有作弊，痛切的羞恥讓她覺得眼睛深處感到暈眩。

她知道優太郎參加的是谷倉理科學園的後期入學考試，不知道他們原本就決定，不是在報考第一志願學校的二月一日第一次入學考試當天應試，而是選擇參加後期考試，還是在報考的學校紛紛落榜後，不得已之下才報名應試。報考初中時，即使在考試的前一天，也可以報名參加。

多佳子想起當時就曾經感到奇怪。

明明有那麼多學校，他們為什麼會在後期報考谷倉理科學園？他們明明知道大貴一直鎖定這所學校是第一志願。他們在跟風——多佳子身處雅子學堂這個小圈子，產生了這種感覺。雖然大貴在第一次考試時就已經被錄取了，但大貴的第一志願被當成是優太郎保底的學校，讓多佳子感到很不舒服，因為當時多佳子和廣惠關係很密切，所以都很在意對方的狀況。

不知道是否因為像優太郎那樣持續落榜的學生都把那所學校視為最後的希望，所以聽說參加谷倉理科學園後期考試的錄取率比較低，優太郎也落榜了，所以無法和大貴讀同一所初中。

「原來、是這樣——」

「嗯。」

兩人陷入了尷尬的沉默。

那件事是詐騙。

雅子老師並沒有把一百萬交給校方，所以大貴是憑實力考進了那所學校。雖然多佳子至今仍然難以相信，但事實就是這樣。正因為當時和廣惠關係很密切，所以內心有點愧疚。自己付了錢，所以大貴考上了，但優太郎沒有考上。即使現在知道事實並非如此，仍然無法輕易消除自己欺騙了廣惠母子，背著他們偷跑的心虛。

但明明是大貴憑實力考上了那所學校。

廣惠對多佳子的心情應該也很複雜，雖然當時她們關係很密切，但都沒有把雅子老師對她們說「我只告訴妳」的預考這件事告訴對方。那是詐騙，根本不存在預考這種事，所以完全不需要放在心上。雖然明知道是這樣，但多佳子仍然無法擺脫自己很沒有義氣的想法。

廣惠似乎難以忍受眼前的沉默，嘆了一口氣。

「妳有什麼打算？」她問，「妳打算加入原告團體嗎？因為妳被騙了錢。」

廣惠沒有叫多佳子的名字，而是直接用「妳」作為稱呼，讓多佳子有一種疏遠的感覺。她縮起嘴，咬了一下嘴唇後回答說：「我不知道。」她內心——感到極度痛苦。

「即使不還錢給我也沒關係，只是不知道學校和大貴會怎麼想。」

怎麼會有這種事？多佳子想。

相信孩子，一定要相信孩子，充分相信孩子最重要——

雅子學堂苦口婆心地對考生家長這麼說，但在最後的最後，卻做了完全相反的事。要求家長相信孩子的同時，利用家長無法相信孩子會考上的心理，專挑那種其實完全可以相信、「有很高的機率能夠考上」的學生，利用家長還是無法充分放心的心理下手。

媽媽。

耳邊響起大貴的聲音。

那不是現在那種低沉的聲音，而是正值變聲的小學時期，當時的聲音還有點高亢。那是他當時哭著說話的聲音。

媽媽，成績怎樣才會進步？

大貴終於開竅了。在六年級的後半時期，他刻苦用功，每天都連續做好幾個小時的功課，自信滿滿地去參加補習班的考試，但排名遲遲沒有進步。因為所有學生都很努力，所以無法輕易出頭，大貴為此痛苦不已。

「太好了！」在放榜的那一天，他放聲歡呼的聲音。

他和爸爸、哥哥流著淚抱在一起。

「慘了，可能比我自己之前考上時更高興。」哥哥誠一靦腆地笑了起來。

丈夫廣明起初看不上這所嶄露頭角的學校，執意要小兒子考名校，但是多佳子發揮耐心，向他說明了從雅子學堂瞭解到的谷倉理科學園的教育計畫和教育理念的優點，也和他一起去學校參觀，最後他才終於點頭。在放榜的時候，他忘記了之前發生的這些事，開心地笑著說：「老婆，妳選了一所好學校。」

所以我當時應該發自內心為大貴考上感到高興嗎？

因為我無法完全相信兒子，付了錢，所以被雅子學堂剝奪了這個權利嗎？

「妳老公怎麼說？」

廣惠的問題讓她大吃一驚，她動作生硬地搖了搖頭。

「我還——沒有告訴他。」

「啊！是這樣嗎？」

廣惠似乎很驚訝，多佳子不知該如何反應，只好反問她：「那妳呢？」

廣惠回答說：

「我告訴我老公了，但我老公叫我別管這種事。因為我兒子並沒有考上那所學校，而且也沒有被騙錢，所以他叫我不要再和這件事有什麼瓜葛。」

「這樣啊……」

「多佳子，妳也最好告訴妳老公。姑且不論是否要加入訴訟，一旦變成事件，就會展開偵查，不光是警察，還有媒體會上門。」

「我老公不知道這件事。」

「嗯，但正因為這樣，所以更要告訴他啊。」

「廣惠，我不是這個意思，我老公完全不知道，他不知道我付了錢。」

廣惠瞪大了眼睛。

多佳子發現自己因為緊張而雙眼濕潤，她以為眼淚會流下來，但是並沒有，她甚至不知道自己是否想哭，也不知道現在是不是該感到難過。

她不知道為什麼會告訴廣惠這個事實，至今為止，她無法告訴任何人，不知道為什麼會告訴廣惠。

多佳子陷入了混亂，從那天之後，她一直混亂不已，不知所措。

□

「多佳子，妳和大貴絕對沒有問題，我相信你們母子。」

雅子老師這麼對她說，然後又接著說：

「所以，這只是讓你們的『沒問題』更加確實的方法。無論事先準備得多麼充分，應試當天的身體狀況、精神狀況等這些無法因應的要素，都會對考試造成影響。正因為我認為大貴絕對沒有問題，所以才希望能夠協助他增加上榜的機率。」

雅子老師的手心很柔軟，被她的手摸著肩膀，或是握住自己的手，會發自內心感到安心。母親會為孩子擔心，呵護孩子，但通常沒有人會呵護母親本身的不安。

聽到有人持續告訴自己「我能夠體會妳的心情」、「妳一定沒問題」，就會感到格外高興。

「谷倉理科學園的理事對我說，希望我可以推薦我認為不錯的家庭，我第一個想到妳和大貴。我看過這麼多家庭，非常瞭解妳多麼認真栽培大貴，也瞭解大貴是一個正直的孩子，還有他的哥哥誠一。」

多佳子之前曾經告訴雅子老師，大兒子誠一考初中時的情況，雅子老師甚至曾經希望她能夠在其他學員面前，簡單分享一下當時的經驗。

「在妳打造的家庭環境下，孩子都能夠茁壯成長，大貴和哥哥只是成長的速度不一樣而已，那所學校一定能夠激發大貴的潛力。如果是大貴，我可以很有信心地推薦給那所學校。」

——媽媽，成績怎樣才會進步？

不久之前，從補習班回家的路上，多佳子深夜去車站接大貴回家的路上，大貴問了多佳子這個問題。雖然每次從補習班下課回家時，他都滿臉疲憊，但這天特別沉默，沒想到大貴突然忍不住在馬路中央停下腳步，淚水在眼眶中打轉。

大貴，你怎麼了？多佳子問。大貴默默地依偎在她的懷裡，不發一語，發出「嗚嗚」的嗚咽聲。補習班專用的背包內裝了很多教材，可以感受到背包的重量。

路旁大房子內一棵枝葉茂盛的櫸樹向馬路上探出頭，路燈照在那棵樹上，樹枝的影子落在他們母子頭上。

爸爸和哥哥都在家裡，但也許就是因為快到家的關係。那是考卷發下來的隔天，大貴因為粗心而犯的錯比之前少，也可以感受到他努力寫答案，但成績和之前一樣，排名也沒有進步。

——我好想考上。

大貴在多佳子的懷裡說。

聽到大貴喃喃的嘟噥聲，多佳子心都快碎了。是什麼讓一個十二歲的孩子發出這麼痛切的聲音？到底是誰的錯？雖然她很想找一個痛恨的對象，但呈現在她眼前的只有無奈的現實。

大貴最近很少向多佳子撒嬌，甚至不想被同學看到自己和母親走在一起，此刻竟然不顧一切，帶著懊惱和傷心哭泣著。

多佳子用力抱著他的頭，咬緊了牙關。

怎麼了？別擔心，別擔心，你絕對沒問題。媽媽相信你。

多佳子按照雅子學堂的教導，這種時候沒有陪著大貴一起哭，而是一次又一次告訴他「媽媽相信你」。

多佳子很想和大貴一起放聲哭泣，也很想告訴他，你可以放棄。

但是，陪伴大貴為了考初中努力至今的多佳子很清楚，大貴已經努力了這麼久，對他說這句話太殘酷了。

當多佳子提起雅子老師說，可以藉由特別推薦接受預考時，廣明「啊？」了一聲，然後露出無奈的笑容說：「什麼嘛。」

他似乎以為多佳子在開玩笑。

「這是特別的、千載難逢的機會。」

多佳子向廣明仔細說明了情況。雅子老師說，這是我們家才有的機會，而且正值大貴想要報考的谷倉理科學園即將從今年開始改頭換面的時間點，和雅子老師關係很好的朋友又剛好是那所學校的經營高層，各種巧合集中在一起，才會有這麼幸運的機會。

金額是一百萬圓。

這並不是後門入學，雖然會預先進行特別考試，瞭解孩子的適性，但這也是「入學考試」。

廣明可能察覺到多佳子是認真的，他的表情變了，擺出認真聽她說話的姿勢後，打斷了她的說明。

「太奇怪了，這件事一定有問題。」

廣明完全不相信。

「如果預考也是入學考試，為什麼還要參加正常的入學考試？根本不需要參加兩次考試。」

「因為表面上必須讓所有的考生都參加相同形式的考試，否則別人會覺得不公平。」

「不不不，這種特別推薦本身就很不公平啊？後門入學會出事。」明明已經告訴廣明，這不是後門入學，但他還是滿不在乎地說了這幾個字，多佳子覺得他根本沒把自己的話聽進去。

「但是，」多佳子沒有輕言放棄，「如果不趁早採取行動，到時後悔的話，覺得早知道就該付那筆錢就來不及了。現在難得有這樣的人脈，當然要充分利用。」

「對了，妳還在去那個教育顧問的人那裡嗎？我以為妳早就不去。妳之前說，因為離家很近，所以我說妳可以帶著輕鬆的心情去看看，但我勸妳還是別再去了，太奇怪了。」

太奇怪了。

聽到廣明一再重複這句話，多佳子咬著嘴唇。丈夫似乎覺得自己說得太過分了，尷尬地抓著頭說：

「不是啦，大貴考試的事都完全交給妳處理，我覺得妳很辛苦，但是……」

多佳子不知道該如何向廣明說明雅子老師說話多麼有說服力，以及她多麼富有包容力，多麼關懷多佳子和其他家長。同樣的話出自雅子老師之口，別人就會相信，但自己說出來，別人就無法相信。

「那你和我一起去瞭解情況，只要你實際聽了之後，就知道雅子老師並不是強迫我們接受推薦。」

「去了也是浪費時間，多佳子，拜託妳了，妳比大貴本人的考試壓力更大。」

「但是，如果不趕快採取行動，名額就會被別人占走了。」

並不是只有自己想讓大貴讀谷倉理科學園而已，雅子老師難得從這麼多家長中，特別挑中了自己。

廣明的臉上再次露出和剛才相同的無奈笑容，接著說出了可怕的話。

「不需要付這種錢，即使考不上任何學校，那也是無可奈何的事，因為這就是大貴的實力。我們之前不是曾經討論，如果真的考不上私立學校，那就讀附近的公立國中。既然大貴無法像誠一那麼會讀書，就不需要勉強。」

多佳子覺得肉眼無法看見的、像是幕簾之類的東西無聲無息地在腦海中垂落。

那是對眼前這個人的拒絕。

當初不是你說要考私立學校嗎？說什麼以前自己也是這樣走過來。我沒有考過私立學校，所以無法理解，也無法輔導大貴功課，但你說必須考私立學校，因為你說了這樣的話，才開始了這一切。

即使考不上任何一所學校也沒關係。我死也不會說這句話，但你為什麼可以這樣輕易說出口？

既然大貴無法像誠一那麼會讀書，就不需要勉強——你為什麼看不到大貴那麼努力？

我不想看到大貴流淚。

當時的多佳子並不是籌不到一百萬圓。

對家庭主婦的她來說，那的確是一大筆錢，但她結婚前工作存的錢，再加上父母在她結婚時說「妳以後就是家庭主婦，身上要有備用的錢」，交給她的那筆錢，就可以湊出一百萬。

母親以前曾經對她說：「這筆錢可以幫助妳邁向新的人生。」家庭主婦沒有賺錢，能夠自由運用的錢有限，但是，走到人生的十字路口時，身上有錢，就可以勇敢做出決定。母親還對她說，這不是她自己的想法，而是她在髮廊洗頭時看的一本雜誌中，有一位女性理財顧問說的。

雖然母親在新婚的女兒面前並沒有明確說明「人生的十字路口」是什麼意思，但多佳子從母親說話的脈絡中，猜到是代表想要離婚的時候。

從母親手上收下那一百萬時，覺得母親太小題大作了，但她可以毫不猶豫地把那筆錢用在大貴身上。

雅子老師接過多佳子遞上的厚實信封。

「我收到了，我會負起責任轉交。」

她握著多佳子的手，點了好幾次頭，然後摸著多佳子的手背說：「這樣就萬無一失了，大貴保證可以考上。」

之後，決定了日期，多佳子和大貴去見了負責谷倉理科學園「新學程準備室」的兩名「理事」。

面試和考試在六本木的一家俱樂部內舉行，多佳子第一次去那種地方，感到緊張不已。

雖然雅子老師並沒有在場，但多佳子在考試前帶著大貴去了雅子學堂，雅子老師對大貴露出親切的微笑說：

「哇，原來你就是大貴！和我想像中一樣，一看就知道是聰明的孩子。」

多佳子很希望雅子老師能夠實際看一下大貴，和大貴見一面。雖然他們見面的時間很短暫，也只聊了一、兩句話而已，但最後雅子老師送他們離開時說：「加油，一定沒問題。」

雅子老師一直說大貴「沒問題」、「相信」大貴，但多佳子想到其實雅子老師在此之前從來沒有見過大貴。她突然對這件事產生了一種不可思議的感覺——但一如往常地感受到雅子老師的強大氣場，帶著大貴前往預考會場。

「剛才那個人是誰啊？」大貴問。

「是對入學考試很有研究的專家，她很照顧媽媽。」多佳子回答後，慌忙補充說：「今天考試的事，不要告訴爸爸。今天的考試是為了瞭解你適合哪一所學校，但爸爸覺得不必參加這種考試，希望你報考爸爸的母校。」

「好，我知道了。」

多佳子告訴大貴，今天的考試只是一場「模擬考試」。

因為雅子老師也說，這樣說比較好，還說今天進行考試的兩位「理事」，也不會在大貴面前提到具體的學校名字。

電梯前往指定的高樓層。兩名「理事」都是男性，一個三十多歲，另一個六十出頭，兩個人都穿著很高級的西裝。

先是多佳子，接著是大貴，母子兩人分別接受了兩名理事的面試，接著是筆試。

大貴當著兩個大人的面，在規定的時間內解題。多佳子在可以清楚看到窗外景色的走廊上等待，站在令人雙腿有點發軟的高度，可以眺望東京的高樓大廈。當她低頭看正下方時，忍不住有點頭暈。

窗外的天空離得很近。

我到底在幹什麼？從此之後，我有了一個一輩子都無法告訴丈夫的秘密，但是，大貴可以因此考上準備報考的學校。

大貴保證可以考上了。

「結束了。」

門打開了，那名年輕的「理事」帶著大貴走了出來。

多佳子頻頻道謝，深深鞠躬說：「那就拜託了。」那名「理事」稱讚大貴說：「妳兒子很優秀。」當他們搭的電梯開始下樓，大貴就用害羞的語氣，小聲對她說：「考得還不錯。」

多佳子悄悄看向大貴，發現他臉上露出滿面的笑容。

「我覺得今天考得比平時更好。」

多佳子發出了安心的嘆息，同時覺得全身都放鬆了。

□

「如果有我幫得上忙的地方，妳隨時可以找我。」

廣惠臨走時說。

多佳子說出了沒有告訴丈夫的事——除了訴訟的事，就連自己籌措了賄賂的預考費的事，以及因為遭到反對，而擅自決定做的事之後，廣惠眼中咄咄逼人的眼神也消失了。

廣惠的眼神、措詞和動作都很溫柔，甚至散發出一種疼惜的感覺。多佳子一時語塞，因為她也不知道自己想怎麼做，更搞不清楚自己的想法。

多佳子對相隔數年，能夠再次和廣惠聊天感到很高興，也很慶幸把整件事告訴了她，但是——

她無法立刻點頭，怔怔地注視著她的臉，這時，廣惠突然露出陰鬱的眼神。

「多佳子，其實我也……」

廣惠說話的語氣聽起來心事重重，多佳子默默注視著她。就在這個剎那，多佳子恍然大悟。該不會——

不經意的了悟似乎在不知不覺中寫在了臉上。廣惠猛然回過神，坐直了身體，閉上了嘴，沒有繼續說下去。她微微低下頭，搖了搖頭。

她調整了心情說：

「我反而希望這次是詐騙。」

「什麼？」

「雅子老師的事，我希望目前打算提出告訴，四處蒐集證詞的那些人才是詐騙。我剛接到電話時，以為她想要勒索我們。」

「不瞞妳說，我也這麼以為，所以還打電話去雅子學堂想要確認，但那個電話號碼已經變成了空號。」

「我甚至還去了學堂所在的那棟公寓，但學堂的人員似乎全都撤走了——我想他們應該是逃走了。」

即使廣惠努力露出開朗的表情，但她的眼睛深處很陰鬱。她自嘲地笑了笑說：

「我們當時在那裡到底是幹嘛！」

「如果這次才是詐騙，妳會怎麼做？」

廣惠沉默不語，注視著多佳子，多佳子仍然一臉嚴肅的表情問：

「如果對方恐嚇，如果希望他們不把預考的事說出去就拿錢出來，那妳會支付封口費嗎？」

多佳子不知道哪一種情況更好。

以訴訟原告的身分站在法庭上，公開自己成為詐騙的被害人這件事，或是支付封口費，當作一切都不曾發生。雖然比較這種現實生活中無法成立的兩個虛構選項毫無意義，但多佳子仍然想問這個問題。

廣惠突然露出凝望遠方的眼神，她緩緩搖了搖頭說：

「我們本來就沒有被騙——但是，如果可以當作什麼事都沒發生，我可能會付封口費。」

廣惠抬起頭，她在玄關穿上鞋子，轉頭注視著多佳子，只說了一句：

「妳真的隨時都可以和我聯絡，我們再約時間聊天。」

廣惠無力地笑了笑，轉過身。

「好。」多佳子看著她的背影回答。

每件事上都有那麼一點不對勁，她完全沒有說任何決定性的話，也沒有不小心說出任何不該透露的事，但多佳子還是忍不住想。

廣惠是不是——其實也付了錢？

雖然廣惠說，因為那所學校不是他們的第一志願，所以沒有付錢，但這句話應該是謊言，其實她是不是也付了一百萬給雅子老師？

只不過最後沒有考上，所以錢又退還給她了。廣惠剛才問多佳子是否告訴老公時說的話，是不是有點奇怪？

我反而希望這次是詐騙。廣惠至今仍然在思考這個問題，難道不是因為她也是被害人嗎？

雅子學堂都鎖定那些孩子有可能考上的學生家長下手。一旦考上，就把錢放進口袋；如果沒有考上，就把錢退還。這種手法既巧妙，又卑鄙。

島村和其他人向之前負責事務工作的人員拿到了被害人的名單，所以四處打電話尋找戰友。那份名單是不是實際付了錢的家長名單？廣惠會接到電話，不就代表她也付了錢嗎？

也許他們夫妻在討論後決定，絕對不能承認這件事。他們決定不和這件事有任何牽扯，也許之後警方採取行動，或是媒體開始追蹤這個新聞後，他們會改變想法，但現在就堅稱自己「並沒有付錢」，維護自尊心。

那我呢？

多佳子思考著。

無論承認或是不承認——我的態度有辦法這麼堅定嗎？

□

接下來的這段日子都平安無事。

多佳子的生活沒有任何變化。她像往常一樣，早起為小兒子準備便當，為丈夫準備前一天熨燙好的襯衫。每個月的月初，把房租和生活費匯入獨自在外生活的大兒子銀行帳戶。準備好早餐後，去叫廣明和大貴起床，然後送他們出門上班、上課。

這一天，她在安靜的家中看手機時，發現收到了電子郵件。看到『我是島村』的主旨，她覺得心臟快要凍結了。多佳子在上次的電話中，留了電子郵件信箱給島村，因為她擔心電話會被丈夫或兒子接到。

雖然她一直祈禱整件事就這樣平安落幕，但那只是幻想。一封電子郵件讓她再度感到窒息。

『上次和妳聊的事，不知妳考慮得如何了？如果妳需要更詳細的說明，我隨時可以和這次委託的律師一起去拜訪妳。』

島村並沒有放棄，事態持續進行中——

她感到喘不過氣，躺在沙發上。雖然丈夫和兒子平時經常這樣躺在沙發上，但在全家人中，多佳子只有在家裡沒有其他人的時候，才會伸直雙腿躺在沙發上，做出這種她認為很沒規矩的姿勢。

她把手機螢幕朝下，放在胸口上，覺得手機好像漸漸沉入身體。

這幾天想了一次又一次的事，又開始在腦海中打轉。首先浮現出強烈的後悔，為什麼自己會被捲入這種事？我到底該從哪一步開始重來？

難道不該遇到介紹雅子學堂的靜香嗎？

目前並沒有接到靜香的聯絡，所以她不是「被害人」嗎？她的女兒睦美從小就很優秀，即使不參加預考，完全能夠憑實力考進那所學校。雖然不知道雅子學堂的詐騙從什麼時候開始，難道靜香參加的時候還沒有這種事，雅子學堂還是一個健全的學堂嗎？

如果是這樣，真是太羨慕了。

羨慕、羨慕、羨慕。

羨慕靜香能夠相信自己的女兒。

再往前回顧，是否有可能在某個時間點，為自己按下停止鍵？

是不是那一年不當家長會的委員，就不會和靜香成為朋友？

大兒子誠一畢業那一年，幾名家長說「要好好犒賞自己工作和協助兒女升學考試都很努力」，邀她一起去金澤旅行。她告訴廣明，幾位家長有這樣的企畫，廣明說：「這樣啊，那妳一起去啊。」

當廣明問及旅行的費用，多佳子回答說「六萬圓」後，丈夫臉色大變。

「這些媽媽真有錢啊。」

多佳子看到廣明嘴角擠出僵硬的笑容，決定不去參加旅行，因為誠一接下來要讀私立中學，大貴之後也要考私立學校，其他媽媽有很多人都在上班，但自己是家庭主婦。

「是啊，我也不太想去，那我就不去了，更何況還有大貴，我不在家也不太放心。」

「喔，是嗎？」

「嗯。」

和廣明結束這個話題後——大貴問她：

「媽媽，妳不和大家一起去旅行嗎？」

多佳子大吃一驚，因為她沒料到大貴聽到了他們的談話，大貴又接著問：

「因為我的關係，所以妳不能去嗎？」

「不是這樣。」多佳子回答，「對不起，不是、不是你想的那樣，媽媽原本就不太想去。」

多佳子覺得大貴是個善良的孩子。

大貴非常、非常善良。

我為什麼會去雅子學堂這種地方？為什麼會認識雅子老師？但是，當初也是雅子老師告訴自己，谷倉理科學園是一所好學校，如果不是雅子老師指點，多佳子不會想到讓大貴報考這所學校。

如今，大貴在那所學校很開心。

多佳子一直都很擔心，萬一這件事曝光，大貴會遭到退學。大貴入學之後，也一直擔心他跟不上學校的進度怎麼辦。

啊啊——她忍不住想。

原來大貴不會被那所學校退學，想到這裡，淚水在眼眶中打轉，她鬆了一大口氣，視野也模糊起來。

大貴，對不起。她小聲嘀咕，淚水從她閉上的雙眼中滑落。

多佳子選擇非假日早上的時間向丈夫坦承這件事。

雖然早上的時間很匆忙，但只有這段時間，是他們夫妻可以單獨談話的時間。晚上大貴就會回家，無論如何，都不能讓他聽到談話的內容。

無論多佳子是否加入訴訟的原告團體，整件事應該已經開始進行，到時候一定會引起軒然大波，事到如今，已經無法再逃避。她終於下定決心，準備告訴丈夫實情。

早上，丈夫正在做出門的準備，她假裝順口問了一句：「等一下借幾分鐘說話，可以嗎？」廣明完全不知道接下來會發生什麼事，輕鬆地答應說：「什麼事啊？可以啊。」

送大貴出門之前，一切都很平靜，但之後就再也回不去了。雖然她已經下定了決心，但因為事關重大，她好幾次都想退縮。現在還可以回頭，還可以向丈夫隱瞞這件事。

然而，她覺得一旦錯過了今天，自己就再也無法開口了。明明已經決定了，但是要下定決心，必須耗費極大的心力。

換好制服的大貴像往常一樣，沒有打招呼，伸手拿起放在餐桌上的便當。多佳子放下洗到一半的碗盤，用圍裙擦了擦手，追上去說：

「路上小心。」

今天她在玄關送大貴出門。大貴轉過頭，只看了多佳子的眼睛一眼，但立刻尷尬地低下了頭，只聽到他用幾乎聽不到的聲音說：「……出門了。」大貴出了門，多佳子關上了門。

丈夫像往常一樣來到客廳，正在扣袖扣。丈夫對袖扣的興趣是受他父親的影響，公公也是一所歷史悠久、中高一貫學校的畢業生，在大城市生活就要考私立中學，兒子和孫子理所當然也要這麼做——多佳子一直感受到公公的這種態度。大家都沒有惡意，只覺得一切都理所當然，這件事也讓在不同環境下長大的多佳子感到自卑。

廣明是不是忘了自己剛才對他說的話？多佳子怔怔地想著。如果自己不開口，他可能忘了要和太太談事情，無憂無慮地出門上班。這樣也好——多佳子在心裡想著，但她開口說了話。

「我有事情要和你談。」

丈夫停下了正在扣袖扣的手看了過來，露出「對喔，妳剛才有說」的表情。多佳子拿下了圍裙，坐在餐桌旁的椅子上，然後請廣明坐在對面的椅子上。

「幹嘛這麼嚴肅？」

多佳子記得廣明臉上的無奈笑容，多佳子和他聊預考的事那一天，他也露出了同樣的笑容，多佳子必須對著他的這種表情說出真相，令她感到痛苦。

「呃……你還記得大貴考初中時，我曾經和你說過預考的事嗎？有人可以用學校特別推薦的名額推薦大貴，單獨接受預考……」

廣明露出訝異的表情，多佳子原本以為一旦聽過這件事，絕對不可能忘記，但他的記憶似乎很模糊，她覺得胃的深處被用力揪緊。

「就是你認為是『後門入學』的那件事，只要付一筆錢，就可以在正式的入學考試之前，以特別的名額參加預考。」

「妳這麼一說，我想起來了，的確有這麼一回事。」

他似乎終於想起來了，他笑了笑說：

「幸好當時沒有理那個人，大貴也順利考上了。」

「聽說那是詐騙。」

多佳子說話時簡直快哭出來了，在說最後一個字時聲音分岔，聽起來好像在哭，連她自己也很驚訝。廣明收起了臉上的笑容，多佳子不知道自己現在露出了什麼樣的表情，雖然不知道，但廣明似乎並沒有發現她的不尋常，他用和剛才相同的聲音說：

「不意外，我就猜到是這樣，如果真的有那種事，我就無法相信那所學校了。雖然起初有點擔心，但新增設學程的第一屆學生關係到學校日後的風評，所以老師也都很熱心，那些老師和經營高層不可能做那種事，這不是一開始就知道了嗎？」

廣明看著多佳子，看著沒有笑——笑不出來的多佳子，這時，他才終於發現了多佳子的表情，問她：

「妳怎麼了？為什麼現在提這件事？難道妳之前參加的那個教育顧問的學堂，現在被人告了嗎？」

「嗯，那些遭到詐騙的人正在蒐集證據，準備向警方報警，為訴訟做準備。」

「啊？哇，事情鬧這麼大，原來真的有人上當。」

廣明事不關己地感到驚訝，多佳子無法正視他的臉，她在不知不覺中握緊了雙拳，握緊拳頭的手心冒著汗。

「——大貴考試時，我也付了錢。」

即使已經下定了決心，但說出口的聲音很細、很小聲。

她覺得聽起來像幽靈的聲音，難以相信自己竟然會發出這樣的聲音。廣明張著嘴——嘴巴張得很大，他的動作看起來像慢動作。

接著聽到他震耳欲聾的聲音。

「啊?!什麼?!什麼意思？妳在說什麼？」

「我付了錢，對不起，真的對不起。我覺得只要大貴能夠考上就好，於是付了預考的錢給那個學堂，因為我沒有把握，覺得只要能夠保證大貴考上那所學校就好。」

「多少錢……？」

廣明用冰冷的聲音問，和前一刻不同——丈夫臉色鐵青。

「一百萬。」

丈夫聽了多佳子的回答，默默閉上了眼睛，他全身無力，雙手抱著頭。雖然看起來好像故意做出這樣的動作，但也許只是很自然地做出了這種誇張的動作，他的態度就像電視劇那樣戲劇化。

丈夫抬起頭，瞪著多佳子。

「笨蛋!!」

長大成人之後，多佳子第一次聽到別人激動的聲音。

也許是小時候挨父母的罵以來的第一次，聲音的壓力讓她忍不住向後仰，她似乎感受到肉眼看不到的風壓，渾身起了雞皮疙瘩。

「——對不起。」

多佳子只能一直重複相同的道歉，廣明又接著說：

「妳哪來這麼多錢？妳——」

「並不是從你的薪水裡拿的，我是用結婚時，我爸媽給我的錢，和結婚前上班存的錢湊出來的。」

「還不都一樣！反正都是從我們家的財產中拿出去的錢！」

廣明語氣嚴厲地怒斥道，多佳子住了嘴。廣明搖著頭，咂著嘴說：

「難以相信，這太讓人生氣了。」

「……對不起。」

道歉的聲音越來越小聲，多佳子很害怕，廣明瞪著她：

「所以現在是什麼狀況？妳剛才說發現是詐騙，決定要興訟？」

「我接到了電話，那些準備興訟的人打電話給我。之前我都不知道那是詐騙，對方在電話中問我能不能加入原告，一起出庭作證。」

這次輪到廣明陷入了沉默，他雙肘放在桌上，右手的大拇指和食指用力抓著眼角。他重重地嘆了一口氣，多佳子聽了他的嘆息聲，感到心臟發痛。

「我、該怎麼辦？」

我想和你討論——多佳子這麼想。

她很怕對丈夫說出真相，也做好了挨罵的心理準備。雖然做好了被罵「笨蛋」的心理準備，但是真的挨了罵之後，她發現身體從內側變得冰冷，整個心都凍結了。

「別去淌混水。」

丈夫用強烈的語氣，斬釘截鐵地說。

他的語氣和昨天之前判若兩人，但是多佳子一直知道，這也是屬於他的一部分。正因為如此，當時覺得和他商量也無濟於事，於是就自作主張採取了行動。因為他無法理解，因為他聽不進多佳子說的話，所以多佳子放棄了溝通。

廣明再度發出了沉重的嘆息聲。

「訴訟只會被人看好戲，妳千萬別做這種事。」

多佳子咬著嘴唇。沒錯，我知道。自己應該會這麼做，而且覺得之所以會向丈夫坦承，也是希望聽他說這句話。

但是，為什麼仍然心亂如麻？為什麼心情煩躁？

廣明不耐煩地看著牆上的時鐘，嘀咕了一句：「這麼晚了，一大早就要開會，我不能缺席。」他站了起來，用神經質的動作想要扣上右手腕的袖扣——中途發出好像小孩子般的聲音說：「唉，真是的！」

他用力甩著襯衫的袖子，帶著漂亮綠色光澤的袖扣飛了出去，用力飛過來的袖扣剛好打中了多佳子的額頭。

「好痛！」

袖扣掉落在地上。

突然的衝擊和劇烈的疼痛，多佳子忍不住叫了一聲，然後按住了額頭。丈夫短促地叫了一聲：「啊！」他並不是故意的，向來不會動粗的丈夫臉上露出了尷尬的表情，但可能覺得在眼前的狀況下無法道歉，默默地將視線從多佳子身上移開。

「算了，我出門上班了。」

「好。」

多佳子的聲音有點沙啞，她無法理解為什麼剛才還能夠正常說話，現在卻發出這種膽戰心驚的聲音？自己之前和丈夫之間並不是這樣的關係，並不會對他言聽計從說什麼「好」。

剛才被袖扣打到的額頭持續隱隱作痛，她低下頭，看著掉在地上的袖扣，頭頂上傳來聲音。

「──我沒想到妳竟然這麼愚蠢。」

多佳子覺得腦袋好像遭到重擊，更加無法抬起頭。

「難道妳不覺得奇怪嗎？妳以為大貴考上那所學校，是因為妳送了錢，是後門入學的功勞嗎？妳竟然能夠帶著這種心情，每天送大貴出門去那裡上學。妳認為那所學校是會做出這種愚蠢的後門入學詐騙行為的地方，卻把自己的寶貝兒子送去那裡嗎？這麼愚蠢的事──」

愚蠢的事。

愚蠢的人。

愚蠢。

愚蠢。

愚蠢。

愚蠢——

廣明不停地說著這兩個字，多佳子只能一個勁地說「對不起」，覺得自己好像變成了機器。她很想思考，但如此愚蠢的自己想出來的事，一定無法發揮作用，她感到視野一片空白。

如果是現在，一定不會被騙。

如果是現在的我，絕對不會上當，我很後悔。

但是，即使讓現在的我回到當時——仍然沒有自信不會把一百萬交給雅子學堂。如果雅子老師說，大貴能夠考上那所學校，大貴保證能夠進入他報考的學校，我可能還是會付這筆錢。

丈夫走出飯廳，剛才的袖扣掉了，要為他拿另一對袖扣——多佳子正準備站起來，他拒絕說：「不用了。」

說完，他就走了出去。

多佳子愣在原地。

不知道過了多久的時間。

她既覺得過了很久，但又覺得好像才短短幾分鐘而已。她坐在飯廳的椅子上，一動也不動，覺得自己完全沒有任何價值。她低下頭，勉強舉手摸著額頭，手指冰冷僵硬，好像不是自己的手。

就在這時——

她聽到飯廳的門打開的聲音。

多佳子動作緩慢地抬起頭。丈夫已經出門上班，家裡現在沒有其他人，她猜想可能是飯廳的門因為某種緣故發出了聲音——當她抬起頭時，整個人都愣住了。

身穿制服的大貴站在那裡。

他戰戰兢兢地從微微打開的門縫中看著多佳子。

「大貴。」

多佳子就像金魚在水裡不停地張嘴，卻無法馬上發出聲音，好不容易才叫了一聲大貴的名字。大貴去上學了，為什麼會在這裡？

多佳子感到很不真實，和大貴互看著。大貴打開門，走了進來。

「我忘了帶、東西……」

大貴說，他看向後方一眼，似乎很在意後方。

「我發現忘了帶今天要交的練習卷，回家來拿的時候，聽到爸爸的聲音。」

多佳子緩緩吞著口水，她不敢繼續聽大貴說下去，但是——她也沒有勇氣不聽他說。

「聽到什麼？」

多佳子無法從大貴臉上的表情瞭解他內心的感情，只能小心翼翼地問。

「你聽到了什麼？」

「……聽到爸爸很大聲地說：『啊?!』好像在反問，又好像很不屑的聲音。」

多佳子倒吸了一口氣。

「那個……」大貴又繼續說了下去，這次的聲音終於有了感情。

「你們說的後門入學，是指我嗎？」

啊啊——多佳子用力吸了一口氣。她閉上眼睛，雖然很想逃走，但她告訴自己，不能逃避。

大貴竟然聽到了。

「……你聽到了嗎？全部聽到了？」

「嗯，在隔壁的和室。」

多佳子剛才完全沒有發現，雖然她內心很慌亂，但很快就下定了決心，一旦整件事因為訴訟曝光，遲早必須告訴大貴。

「大貴，你聽媽媽說……」

大貴得知真相後，不知道會受到多大的打擊，雖然不知道兒子能夠正確理解多少，但是知道母親無法相信自己，他一定會很受傷。剛才被丈夫罵，等一下即使兒子罵自己，自己也無話可說，她忍不住咬著嘴唇時，大貴小聲地問：

「媽媽，妳沒事吧？」

「啊？」

「妳的額頭很紅，爸爸、剛才打妳嗎？」

大貴露出關心的眼神看著多佳子的額頭，多佳子恍然大悟，立刻搖頭說：

「不是，是爸爸的袖扣飛過來，不小心打到而已，沒事。」

「冰敷一下比較好。」

大貴走去冰箱，拿出冰箱內的保冷劑交給多佳子說：「給妳。」多佳子有點洩氣地接了過來。

「謝謝你……」

多佳子的手心感到冰冷。

兩個兒子小時候，不小心撞到或是燙到時，多佳子都會像這樣從冰箱裡拿出保冷劑交給他們，這是第一次受到兒子這樣的關心。剛才準備說話時被打斷，多佳子不知所措地注視著大貴，思考著接下來該怎麼開口。

「喔，」大貴小聲嘀咕，「爸爸直接出門了，所以應該沒發現我回家了。」

「啊？」

「原本我還擔心自己的鞋子放在門口會被爸爸發現，但爸爸直接出門了，所以他應該不知道我聽到了。」

大貴說話的語氣很輕鬆，多佳子驚訝地看著他，他納悶地歪著頭說：

「咦？妳不是在擔心這件事嗎？」

「不是，爸爸沒關係。」

「但是，如果爸爸知道我看到了這種好像家暴的現場，他可能因為尷尬，反而會氣瘋了。」

大貴露出關心的眼神看著多佳子的額頭。

「我不在家的時候，該不會經常發生這種事？」

聽到大貴說「家暴」這兩個字，多佳子覺得他似乎誤會了，但她還來不及開口，聽到兒子說話時輕鬆的語氣，有一種得救的感覺。

多佳子原本僵硬的臉頰和嘴角漸漸放鬆，她搖了搖頭說：

「不，那不是家暴，是媽媽的錯。」

她並不是在緊張的心情下這麼想，而是很自然地下定了決心，發自內心想要告訴大貴。

「大貴。」

「怎麼了？」

「雖然可能會害你遲到……但你願意聽媽媽說嗎？有一件事，媽媽要向你道歉。」

因為大貴正值青春期，因為他叛逆期，所以已經不指望他會向自己打招呼，也放棄和他說話，但正視他的臉，意外發現他長瀏海後方的雙眼直視著自己。

多佳子對大貴說出了真相。

大貴剛才似乎已經聽到了一些內容，他沒有打斷多佳子，心情平靜地聽完了所有的事。多佳子做好了心理準備，即使被兒子罵也無話可說，也擔心兒子因為太受打擊，聽到一半就情緒失控，但他自始至終安靜地聽她說話。

雅子學堂詐騙的事，整件事可能會曝光，有人邀請多佳子加入這起事件的原告團體。他等到多佳子說完後，吐了一口長長的氣說：

「太好了，我嚇死了。」

他開口說的第一句話比多佳子想像的更加輕鬆。

「所以這代表我並不是後門入學，對嗎？是不是代表我是憑實力考進了這所學校？真的太好了，我快被嚇死了。」

「……難道你不覺得很受打擊嗎？因為媽媽做了這麼愚蠢的事。」

包括剛才和丈夫談這件事在內，她說了太多話，所以呼吸有點喘，大腦似乎有點缺氧，腦袋有點昏沉沉。

「嗚呃。」大貴輕輕嘆著氣，「當然很受打擊啊，會覺得我明明是靠實力考取的，幹嘛不相信我，但是我也很驚訝。」

「驚訝什麼？」

「原來媽媽也很疼愛我。」

太意外了——聽到大貴這句意想不到的話，多佳子的思考停止了，她瞪大眼睛，驚叫起來：

「什麼！我當然疼愛你啊，怎麼可能不疼愛你！」

所以我才會做出這種事啊——多佳子用力忍住了差一點脫口說出的話，大貴若無其事地抓了抓鼻頭說：

「不是啦，因為我們家向來都是以哥哥為中心，我好像有點多餘的。你們對我也沒有期待，所以我一直以為，只要哥哥學歷出色，我根本無所謂。」

多佳子很受打擊。因為她完全沒有想到，小兒子竟然有這種想法，自己竟然讓他有這種感覺。

「所以後門入學付了多少錢？」

「——一百萬。」

也許不該告訴他。多佳子這麼想著，但又覺得今天不能再對他有所隱瞞，於是就如實告訴了他。

「好猛！真的假的！」

大貴在說話時，嘴角竟然露出了笑容。丈夫廣明聽到這個金額時，露出了絕望的表情，但大貴的反應相反，他笑嘻嘻地說：「好多錢啊。」

「嗯。」

「我剛才不小心聽到了，那是媽媽的私房錢嗎？」

「既然這樣，」

「嗯？」

「那妳應該去旅行啊。」

多佳子眨了眨眼睛，看著兒子，因為她不知道兒子突然在說什麼，大貴又說了一次。

「旅行啊，就是和哥哥班上同學的媽媽一起去金澤的那一次，妳當時說妳沒錢，但明明有錢啊。」

「喔，你是說這麼久以前的事。」

多佳子終於理解了，她搖了搖頭說：

「但那一百萬是以備不時之需的錢，不是用來旅行的錢，媽媽本來就沒辦法參加那次旅行。」

「為什麼？」

「就是這樣啊。」

多佳子認為這是不言而喻的事，因為她是家庭主婦，沒有外出工作，家中的經濟並不寬裕，而且小兒子的教育也要花錢，丈夫也不希望她去旅行。她原本想這麼回答，但又閉上了嘴，因為看到大貴發自內心感到納悶的表情，她什麼話都說不出來了。

原來他一直很在意這件事。

雖然多佳子覺得這是很久以前的事，但大貴對這件事的記憶很鮮明，他一定很擔心，也很關心多佳子，即使多佳子已經忘了這件事，但他仍然記得。

「我之前就一直覺得媽媽對爸爸太忍讓了。」

多佳子默默注視著大貴，大貴若無其事地繼續說了下去。

「哥哥也和我意見相同，我們經常討論這件事。」

「對不起！」

多佳子脫口說道，因為很大聲，大貴嚇了一跳，定睛看著她。

「對不起，讓你們有這種感覺，你們一定不喜歡這樣吧。」

「不是……我的意思是，希望妳不要一直這樣道歉，因為妳並沒有做錯事。」

「但是……」

「剛才的事，真的太過分了。」

大貴注視著多佳子的眼睛，他的眼神充滿堅定的意志，看著他的眼神就可以瞭解，父母不需要確認、推測他內心的感情，他現在是根據自己的判斷說這些話。

「爸爸說『我沒想到妳竟然這麼愚蠢』，這句話太過分了，『愚蠢』是什麼？」

「爸爸沒這個意思……」

多佳子忍不住為廣明辯解，大貴露出很受不了的表情搖著頭說：「不不不不，媽媽，妳的感覺麻痺了，爸爸太霸道，所以妳已經搞不清楚了。」

「但是……」

「後門入學詐騙這件事，我雖然也很受打擊，但爸爸說那句話太傷人了。每次在網路上看到匯款詐騙的新聞，不是都會提到，被騙的老人害怕兒女或是周圍的人罵他們，所以才不敢說出來。還有人遭到詐騙，被兒女痛罵而想不開，這不是一樣嗎？」

「哪有一樣？我還沒那麼老。」

「是嗎？」

大貴歪著頭納悶，然後用天真無邪的語氣問：

「哪裡不一樣？」

多佳子一時語塞，下一剎那，她終於發現，原來一樣。

無論自己還是那些老人，都是因為擔心別人，或是感到不安而被人趁虛而入。

雖然自己年紀比較輕，但和新聞中那些被騙的人沒什麼兩樣。大貴一臉擔心地注視著沉默不語的母親。

「我隱約記得，那次在正式考試前年底的時候，和妳兩個人一起去一棟很高的大樓，在很高級的地方考試。」

他應該指被雅子學堂騙去預考的事，多佳子感到無地自容，原來他還記得。

但是，大貴的語氣很平靜。

「那並不是不愉快的回憶，妳帶我去很高級的地方，由兩個看起來很厲害的大人為我考試。雖然我很緊張，但考題比平時的考試更簡單，所以我有點得意，覺得自己搞不好在正式考試時也有機會可以考上。考完之後，妳還說我可以吃巧克力聖代，我吃了一個超大的聖代，這件事也很高興。」

「有這回事？」

「對啊，我不是吃了嗎？妳吃了乳酪蛋糕，妳還要我不要告訴哥哥，我們一起去吃東西，所以我感到很特別。」

多佳子不記得了，她滿腦子只想著預考的內容和成績，隱約記得考試結束後去了某個地方才回家。

原來是這樣——多佳子忍不住想。

多佳子和大貴即使看到了相同的事，但記憶也不一樣。雖然是母子，卻是不同的人，之前就知道這個理所當然的道理，只是此刻再次意識到這件事。

這麼一想，心情突然輕鬆起來。

「但是，媽媽，妳一直以為我是後門入學嗎？好可憐，所以妳擔心了好幾年嗎？」

「——嗯，真的很可憐，而且也像傻瓜一樣。」

很久沒有和大貴聊這麼多話了，但是，這種開朗和輕鬆原本就是大貴性格的一部分，他就是這樣的孩子。

「妳打算怎麼辦？」

大貴問。

「要打官司或是出庭作證嗎？他們會把錢還給妳嗎？」

「錢的問題可能沒這麼簡單，他們可能已經用了那些錢，恐怕沒辦法全額拿回來……我相信那個來找我討論訴訟問題的人，應該也很清楚這件事。」

「如果不是為了錢，為什麼要打官司？」

「我想——是因為不甘心，同時避免還有人繼續被騙。」

多佳子說出口之後，才終於頓開茅塞，之前好像一直在死胡同內打轉，此刻終於找到了自己想去的地方。

希望不會再有其他人受騙上當。

我能夠理解這種心情。雅子學堂利用了別人的信任，家長都很希望能夠相信，希望能夠徹底相信自己的孩子，卻又無法完全做到，於是就被人趁虛而入，遭到詐騙。如果不曾經歷過這種狀況，絕對無法瞭解，正因為曾經受騙上當，所以才能夠瞭解這個世界上有這種想法。

多佳子不想再整天提心吊膽，不要擔心這個秘密可能會曝光而惶惶不安，即使丟臉也沒關係，即使被人看不起也沒關係，這次一定要抬頭挺胸。她很意外自己有這樣的想法，沒想到比起有什麼好處，比起別人會怎麼看自己，「想要抬頭挺胸做人」的渴望竟然如此強烈。

「你覺得媽媽怎麼做比較好？」

她抬眼看著大貴，大貴誇張地向後一仰，皺著眉頭說：

「啊？妳問我嗎？這不是妳的事嗎？」

「嗯，對不起。大貴，媽媽可以出庭作證嗎？可能會讓你在學校遭人側目。」

「嗯，既然妳這麼問我，是不是想和其他被害人一起奮戰？」

多佳子既沒有承認，也沒有否認。大貴重重地嘆了一口氣，廣明剛才也做了同樣的動作，但大貴年輕的嘆息聽起來完全不一樣。

「我都無所謂，雖然可能會成為學校討論的話題，但我們學校的同學，大部分都只對自己的事有興趣，可能只會隨口問我一下而已，我無法想像我的同學為這種事說三道四。」

多佳子深深吸了一口氣。

她覺得呼吸漸漸輕鬆起來。

「因為那是一所好學校。」大貴又重複了一次，「當初報考這所學校，妳也曾經這麼告訴我，每個同學都有自己的目標，我也覺得是一所好學校，所以我很感謝妳當初建議我讀這所學校。」

多佳子覺得自己當年無法相信大貴。

報考初中時，大貴的自我和個人意志還沒有完全建立，但現在不一樣，而且又是敏感的時期，所以無論如何都不能告訴他，自己遇到了詐騙——多佳子之前一直這麼想，但這次是否又是對自己的考驗？

大貴已經從當年那個還很幼稚的小學六年級學生長大了五歲，多佳子覺得現在可以相信他。

「媽媽，妳想怎麼做都可以。」

大貴又再次說道。

多佳子打電話去學校。

「今天早上，我身體突然不舒服，所以請大貴在家陪我。」

大貴聽到多佳子說的遲到理由，忍不住說：「太好笑了。」

他拿起書包站了起來，「那我去學校了。」多佳子前一刻還對兒子充滿歉意，但看到他在玄關穿鞋子，不加思索地問：「該帶的東西都帶了嗎？便當也帶了嗎？還有你特地回來拿的練習卷。」

「帶了帶了，不必擔心。媽媽，妳太愛操心了，所以才會相信後門入學這種事。」

「喂！你剛才就一直說什麼後門、後門，媽媽並不是認為那是後門入學，所以才付錢，而是認為那是考試的介紹費，所以以後不要再說什麼後門入學。」

「啊，真是麻煩，還不是換湯不換藥？」

大貴說完，突然露出嚴肅的表情看著多佳子說：

「媽媽，妳上次把私房錢都用光了，所以現在沒私房錢了嗎？」

「啊？」

「我以前完全沒有想過，我們家的錢有分爸爸的錢和媽媽的錢。」

啊！

多佳子好久沒想起這件事了。遭到詐騙的那一百萬，原本是為了什麼目的而存的錢？那是媽媽在她結婚前交給她的錢，說以後就是家庭主婦，手上要留點錢，說這筆錢可以「幫助妳邁向新的人生」，還說「走到人生的十字路口時，就可以勇敢做決定」。

當時覺得媽媽太誇張，以為這種事不可能發生在自己身上。

但是——

「有啦，你不用擔心。」

多佳子回答了大貴的問題。

那次遇到詐騙，花了一大筆錢，但多佳子也汲取了教訓。經歷了那一次之後，她知道遇到某些情況時，不需要再和丈夫討論，必須自己做決定，於是把生活中可以自由運用的錢一點一點存起來，以備不時之需。

丈夫當初就認為雅子學堂是詐騙，他的確說對了。受騙上當的自己很愚蠢，丈夫才是對的，但是，夫妻和家人之間，有時候無法光用正義或是道德來衡量。

「這樣啊。」

大貴點了點頭，他的臉看起來很成熟。多佳子不知道該不該把自己的感慨說出口，正感到猶豫，他說了聲：「我出門了。」走出了玄關的門。

「路上小心。」多佳子看著他的背影說道，只剩下一個人時，她用力吐了一口氣，漫長的上午結束，她閉上眼睛，陽光突然從玄關門旁的窗戶照了進來，照到了她的眼睛，她的眼瞼深處隱隱發痛。

她睜開了眼睛。

回到客廳後，打開了手機上的通訊錄，確認了上面記錄的號碼，下定了決心，按下了撥號鍵。

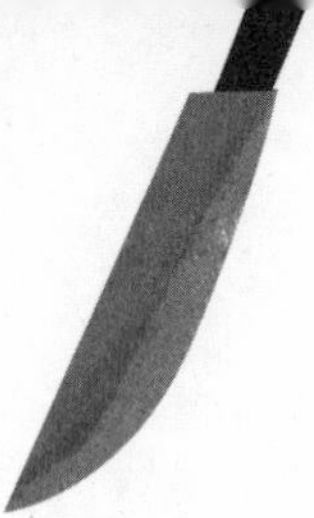

名人沙龍
詐騙

光線和視線都很炫目。

看著自己的眼睛、眼睛、眼睛、眼睛。今天來參加活動的總共有三十個人，有第一次來參加的，也有資深會員。有將近一百個人報名參加，紡經過層層篩選，最後向這些人寄發了中籤通知。

面對一雙雙眼睛，紡很自然地挺起胸膛。為了今天新買的雪紡紗洋裝裙襬輕輕擺動，她大聲地說：

「今天很感謝各位前來，因為這是非官方的活動，所以請各位心情放輕鬆。」

因為人數不多，即使不用麥克風，所有人都可以聽到她說話的聲音，但有好幾個人坐得直直的，向前探出身體。也有十幾歲的孩子拿著記事本和鉛筆，定睛注視著她，似乎不想錯過她說的每一個字，眼睛一眨也不眨地看著她的樣子很可愛，不禁令人莞爾。

——簡直就像是以前的我，當年那個對喜歡的漫畫家、作家愛得無法自拔，很希望有機會接近他們的我。

紡的背後有一塊白板，上面寫了以下的文字。

『谷嵜 Reo 創作線上沙龍實體見面會』。

每次紡走進會場前的所有準備工作，都由沙龍的資深會員負責張羅，白板上的字應該也是其中的某個人寫的，今天的字體——她猜想應該是莫克寫的。

她將視線從白板上移向眾人，繼續說了下去。

「看到白板放在這裡，感覺就像在學校上課，會忍不住緊張吧？但是，我並沒有帶責任編輯一起出席，很希望能夠和大家在這裡輕鬆聊天。當然，如果你們願意和我分享對漫畫的感想，我也會很高興。」

今天也必須在短時間內做很多事。

最初的見面會，只是和粉絲進行交流的活動，紡傾聽大家對正在連載中的漫畫的感想。之後漸漸有人提出了「我也想成為職業漫畫家、職業小說家」、「谷嵜老師，怎樣才能成為像妳一樣的漫畫原作者？」之類的問題，於是她向這些粉絲提供建議——如今變成了以創作講座為主的活動。

修改這些粉絲帶來的作品，然後用電子郵件回覆那些無法來參加實體見面會的會員，但要如何修改、修改哪些部分，才可以讓作品更出色這很花時間，所以每次舉辦實體見面會之前，紡幾乎都會熬夜看他們的稿子。

原本覺得只是外行人寫的東西，沒想到讀起來很引人入勝。當然，因為這些人都是谷嵜的粉絲，所以有很多作品過度受谷嵜的影響，有些作品已經不是致敬，根本就是抄襲，但是，沒有任何一部作品完全感受不到創作者的個人特色。紡從他們的作品中看到了未來。

「今天的講座，也將以幾部作品作為題材——」

「不好意思。」紡的話還沒說完，就有人舉起了手。紡抬頭一看，是一個二十出頭的年輕女性。之前沒看過她，她戴著眼鏡，一頭長髮綁了起來，左右兩側都留下一縷頭髮。外表看起來很文靜，但從她專注的眼神可以感受到她的苦惱。

「谷嵜老師，我有一個問題，無論如何都想請教妳一下。」

「好，請說。」

講座結束後，已經安排了提問時間，幾名資深的會員不耐煩地看向她，但紡仍然滿面笑容。那名年輕女性站了起來。

「請問為什麼《紺碧萬花筒》第一部的結局要這樣安排？愛蓮娜的孩子華出現在故事中，我一直以為華是她和蒼所生的孩子，但是琉伊老師陪伴在愛蓮娜的身旁。我有點搞不懂為什麼會突然變成這樣？請問為什麼會安排他們兩個人勾搭在一起，走向未來的場景？」

她在說話時，臉頰越來越紅。既然能夠見到谷嵜 Reo，今天無論如何一定要問清楚這件事——紡可以充分感受到她的年輕。

如果是舉辦實體見面會初期，遇到有人問這種問題，紡或許會六神無主，但現在已經老神在在。因為經常有人問類似的問題，所以根本是小事一樁。她在心裡嘀咕「好，好，原來是這個問題」，仍然面帶微笑，坦然地注視著那名年輕女性的眼睛說：

「其實我內心並不覺得『突然』，因為從開始連載時，我就和負責作畫的幸森在討論後決定，最後的劇情要這樣發展。」

「但是，即使愛蓮娜移情別戀，離開了蒼，和琉伊老師在一起，沒有仔細描寫她的心境變化，以及如何建立深入的關係，不像是谷嵜老師的作風。」

「也許是這樣。」

雖然紡面帶笑容回答——但內心怒不可遏。

自己對作品和作品中角色的愛最重要、最尊貴。

粉絲當然有權利這麼想，但在這種場合質問作者本人，簡直太不識相了，只有谷嵜 Reo 本人才能決定什麼是「谷嵜 Reo 的作風」，不該由別人來決定。

更何況什麼叫「移情別戀」？完全不尊重作品中的角色，難道只能用這種字眼來衡量她們作出的決斷嗎？

真是搞不清楚狀況——紡忍不住苦笑起來。

這名年輕女性的解讀太膚淺了，她完全不瞭解那種尖銳的表達方式、故意不加以描寫，和描寫出來的各種感情之間有密切的關係。連這麼起碼的事都不知道，竟然還敢自稱是谷嵜 Reo 的粉絲——但是，谷嵜作品的厲害之處，就在於也會吸引這種凡夫俗子。

「有些內容不刻意描寫，反而更能夠呈現出來，而且有些部分是我和幸森討論後決定，交由各位讀者發揮想像力。也許是因為超過了我和幸森的表達能力，所以沒有寫得很清楚透徹，但是，如果大野小姐有朝一日，重讀內心持續產生疑問的部分，然後感到豁然開朗，我將會感到很高興，在此之前，我不會做任何辯解。」

紡偷瞄了一眼參加者名冊——上面寫著「大野」、「筆太」之類簡短的帳號名字——後，直接叫了她的名字。站起來發問的她驚訝地瞪大了眼睛，崇拜的作者記得自己的名字，任何粉絲都會為此感到高興。

她的眼神前一刻還因為緊張而有點渙散，此刻聚焦的雙眼盯著紡，紡繼續露出溫柔堅定的笑容。

「我希望在接下來第二部的故事中，能夠讓各位充分瞭解這個部分——接下來就逐一分析各位的作品。」

紡拿出厚厚一疊會員的力作，繼續說著。

——在成為谷嵜 Reo 之前，紡從來不知道自己能夠這樣大聲說話，但她只有在第一次實體見面會時感到緊張，之後就發現會員認真傾聽自己說話所產生的興奮感更加強烈，讓她像被打了麻醉般滔滔不絕地說了起來，轉眼之間就結束了。

那個手拿鉛筆的女生拚命在筆記本上記錄，紡似乎能夠看到她一個勁地把自己說的話記錄下來的黑色文字。

「比方說，我的《滿月高地》在義賊篇之後，開始連載救護員篇，如果有人問，有什麼新鮮的元素，那就是在現代救護員的技術中融入了奇幻。我為此做了很多功課，也多次採訪了救護員，但其實並不是一開始就有這樣的意圖，先設定意圖的作品絕對會被讀者看破手腳，也不會成功。」

當紡提到實際的作品名字時，可以感受到會場內所有人的情緒更加高漲，她現在很懂得巧妙運用這種手法取悅這些人。

「因為這是非官方的見面會，所以禁止在網路上分享我剛才說的話。一旦被編輯部知道這件事，以後就無法再舉辦這樣的見面會了，請大家務必遵守這件事。我現在來這裡和各位見面，但負責作畫的幸森和助理都在埋頭工作，他們可能會生氣，覺得我過得太爽了。」

她也不忘補充這些話，參加者都發出了輕快的笑聲。

講座結束後，像往常一樣，向參加者提供了點心和飲料，進入更輕鬆的閒聊時間。

這是舉辦幾次見面會後，逐漸形成的形式，目前都借用位在ＫＴＶ角落的會議室舉辦見面會，提供食物也很方便。據說經常有人在這裡舉辦派對，可以隱約聽到樓下傳來唱歌的聲音和震動，這種平民的感覺恰到好處。

這些粉絲三五成群地聚在一起聊天，紡依次去和每個小圈子寒暄幾句，她所到之處，都會立刻響起激動的聲音。

「谷嵜老師，能夠親耳聽到這麼多漫畫背後的故事，我太感動了。」

「谷嵜老師，謝謝妳分析我的漫畫，我做夢都沒有想到，有機會讓老師過目。」

「原來谷嵜老師是女生，我一直以為是男生。」

「請問老師今年幾歲，今天看到妳這麼年輕漂亮，我太驚訝了，所以妳很早就踏入漫畫界了，真不愧是天才……」

「谷嵜小姐——」

「谷嵜老師——」

「老師——」

「Reo 老師——」

向她打招呼的大部分都是之前就已經參加過的人，聽到第一次參加的人結結巴巴地分享內心熱切的感想，也讓她感到高興不已。

她近距離地和每一個人聊天，這時，有一個人說：

「對了，谷嵜老師，原來妳和輕小說作者千代田恆輝老師的關係很好。我之前都不知道這件事，但千代田老師上次在隨筆中提到，你們會一起去參加遊戲展。」

紡愣了一下，但反應只是慢了一拍而已，她面帶微笑，點了點頭說：

「是啊，原來千代田寫了這件事，你是在哪裡看到的？」

「呃，我忘了在哪裡看到，只記得是某本紙本的雜誌。」

「如果你想起來，記得告訴我，哇，我很好奇他怎麼寫。」

到底是哪裡刊登了這篇文章？回家要好好查一下，希望很快就能夠搜尋到——她面不改色，面帶微笑地說，對方又問她：

「今年的遊戲展怎麼樣？最吸睛的那個又進化了嗎？」

「嗯，是啊。你說的那個，嗯，我去之前很期待——」

紡在說話時，視線漸漸移向他們後方逃避，然後假裝突然發現了什麼，說了聲「我先失陪一下」就轉身離開，走向另一群人。

「你好。」

她向人群中一個沒有和任何人聊天的男人打招呼，以前從來沒有看過這個人，紡從剛才，不，其實她一直都很在意這個人。他穿著領口鬆垮垮的白色T恤和牛仔褲，留著一頭看起來並不是為了追求時尚，只是懶得剪的長髮。也許是因為頭髮遮住了臉，所以有一種拒人千里的感覺，其他人似乎也不太敢向他打招呼。

希望每一位參加者都能夠平等地樂在其中——紡向來有這種想法。因為大家都是有相同的志趣聚集在這裡，怎麼可以沒有結交到同好——也沒有和期待見面已久的作者聊天就回家？

對方聽到紡突然和他打招呼，似乎嚇了一跳，結結巴巴地發出沙啞的聲音。

「呃，啊……」

紡露出微笑說：

「你是第一次來參加嗎？你平時有看我的漫畫嗎？還是對創作有興趣？」

不知道他是否不擅長和別人交談，從一頭長髮中露出的雙眼緊張地轉動著。雖然他今天來參加見面會，但也許並不想和作者本人說話。紡觀察著他，用不至於強人所難的親切態度問他：

「你有沒有看《紺碧萬花筒》？」

「……是、什麼……？」

「啊？」

他說話太小聲，紡沒有聽到。紡正打算伸長脖子聽清楚，他似乎下定了決心，看著紡說：

「妳剛才提到，有些內容不刻意描寫，反而更能夠呈現出來，比方說是哪個部分？就是剛才最後提到的。」

他的聲音仍然很小聲，如果不伸長耳朵仔細聽，根本無法聽清楚完整的內容。她想起今天見面會一開始，語帶苦惱地提到第一部結局的那個女生。剛才和她聊天時，她似乎已經完全釋懷，還對紡說「很高興能夠當面請教老師」——原來還有粉絲無法接受這樣的答案。

眼前這個男人的眼神很可怕，在他瞪大眼睛盯視下，紡有點手足無措。

「這個嘛……」

萬一他是危險人物怎麼辦？紡的腦海中閃過這個念頭，但這時看到他放在桌子上的手。他的手微微顫抖，左手用力按住了發抖的右手。

紡閉上了原本準備說話的雙唇。

他充血的雙眼露出求助的眼神看著自己，有好幾名資深會員擔心地看了過來。他們可能覺得紡被過度熱心的粉絲纏上了。

但是——紡覺得不能無視，她想要比剛才答覆那個女生時更認真地面對他的想法。

「——我對那些認為愛蓮娜在結局的時候，突然移情別戀，和琉伊在一起的人感到不解。雖然這麼說有點那個，但我內心無法接受在我們將故事傳承給接下來第二部的世代時，有人簡單地用『移情別戀』、『勾搭』來說明劇情的發展。」

紡祈禱著自己的回答不會破壞他內心對角色的愛，字斟句酌地繼續說了下去。

「我認為超越了愛情或是戀愛的某種東西，讓愛蓮娜和琉伊建立了關係，在沒有蒼的世界，對他們兩個人來說，這是必然的結果，我認為那個結局確實呈現出無法用戀啊愛啊這種詞彙所能表達的內容，因為漫畫或是故事，有時候會超越我們常識範圍內的語言。」

他的眼神沒有變化，也沒有眨眼，只是注視著紡。難道自己答錯了嗎？──他可能會說，我想聽的並不是這種哲學的回答──紡驚覺到這件事。

「我只是隨便說說……」她脫口掩飾道，「不好意思，我認為只能有這樣的結局。我這樣回答，你能接受嗎？」

「啊，可以。」

「謝謝你看得這麼仔細。」紡看著他的雙眼道謝，「希望你今天在這裡玩得開心。」

他沒有回答，但也可能說了什麼，只是因為他的表情沒什麼變化，再加上他說話太小聲，所以紡沒聽到。紡淡淡地笑了笑，走向另一群正在等待她的會員。在走向氣氛最熱烈的人群的中途，對沙龍的資深會員莫克說：「你過來一下。」

「啊，老師，有什麼事嗎？」

這個一身西裝，戴著眼鏡，看起來很耿直的男人──帳號名稱是「莫克」，雖然認識紡已經多年，但每次紡和他說話，他都很害羞緊張，紡每次都覺得很好笑，也覺得他很可愛。

「那群人角落的那個長髮男人──我想他應該是第一次來參加，他都不和別人聊天，等一下可以請你去和他聊一下嗎？他好像把《紺碧》讀得很透徹。」

「好，我知道了，那我就主動去找他聊一聊。」

紡也只有在這個實體見面會時，才會和莫克見面，所以既不知道他住在哪裡，也不知道他從事什麼工作，但他是很熱心的粉絲，連谷嵜 Reo 初期的作品也都很熟，應該比紡年長。他處變不驚，富有社交能力，紡認為他出社會應該很久，工作能力也很強，只是完全不知道他是否結婚，也不知道他的家庭成員。

「拜託你了。」紡向他鞠躬後，轉身離開了。雖然很想和他多聊幾句，但和特定對象太熱絡很不妥當。

她感覺到有人在看自己，回頭一看，發現剛才那個長髮男人慌忙低下了頭。他似乎一直看著紡。紡看著他，再度露出微笑——你可以看我，沒關係。我絕對不希望任何人來參加今天的見面會後有不愉快的感覺，然後不想再繼續看作品了。

這時，後方的那群人發出了歡呼聲。「哇，好厲害！」「恭喜你！」「你應該告訴谷嵜老師。」——紡似乎聽到了他們在聊這些，於是走向他們。

「怎麼了？」

「老師。」

其中一名參加者對紡說。

紡記得這個人。上次在這個講座時分析了他的作品，他說想成為漫畫家，雖然他的畫還很稚拙，但從他的稿子中，可以明確感受到他的目標。紡看了他的稿子後，認為他刻畫不同角色時的差異不夠明顯，因為想要讓太多角色出現，所以模糊了真正想要表達的重點，於是建議他可以減少作品的角色，仔細構思故事的情節。

他興奮地注視著紡。

「多虧老師的指導，《金鏟月刊》將會派一個責任編輯給我。」

「啊？」

《金鏟》是大型出版社代代社旗下一本銷售量達到數十萬冊的漫畫雜誌，分別有月刊和週刊，谷嵜 Reo 的《紺碧萬花筒》在《金鏟週刊》上連載。

這次的反應應該很及時。紡對他說：

「哇！太厲害了！恭喜你。我之前就覺得你的作品很不錯，你自己把稿子送去給編輯評估嗎？」

「不是，我沒有送稿子給編輯評估，《金鏟月刊》不是新創設了漫畫原著獎嗎？我投稿參加了這個比賽，我相信是因為像老師那樣，目前有很多原著和作畫出自不同老師之手的漫畫，所以才會設立這個獎項。」

他靦腆地笑了起來。

「之前請老師幫我看稿子時，說要讓角色有明顯的差異，所以我每次在設計角色的同時，都按照老師的指點，畫出草圖，仔細思考如何在每一格呈現故事和劇情發展，最後終於得獎了，只不過是最墊底的獎項。雖然即使得了這個獎，也無法馬上成為漫畫家，但很幸運的是，出版社派了編輯擔任我的責任編輯。」

「太好了！恭喜你！」

「謝謝。」

他激動地點了點頭，淚水在眼眶中打轉。

「我的責任編輯是一位姓山下的男編輯，老師，妳認識他嗎？我只和他通過電話，還沒有見過面。」

「嗯，他是月刊的編輯吧？對不起，我認識很多週刊部門的編輯，但月刊的編輯，幾乎都不認識。」

燈光和視線都很熱，室內的燈光好像比剛才更亮了，她已經汗流浹背。

「而且我幾乎都是用電話和電子郵件討論稿子，而且基本上由幸森負責和編輯部溝通，我幾乎只和幸森討論，而不是編輯部，所以編輯部內也幾乎沒有人見過我。」

「喔，對喔，妳之前也這麼說過。」

「──你最好不要提創作沙龍的事。」

他露出驚訝的表情看著紡，紡露出不自在的微笑說：

「因為如果編輯得知你接受過別人的指導，都會不太高興，而且如果他們認為你受到了別人的影響，就會對你很不利。」

「是這樣嗎？」

「嗯。」

「我知道了——我會努力，希望有朝一日，可以和谷嵜老師的作品出現在同一本雜誌上，更希望可以像老師一樣，成為出色的漫畫原作者。」

「嗯，真的很恭喜你，這個沙龍內有人成為漫畫家，我也很高興。」

紡在說話時感到口乾舌燥，好想喝飲料，紡對他露出了最燦爛的笑容。

□

魔法消失的隔天，身體總是格外沉重。

醒來時，腦海浮現了這個想法。她在慢慢開始運轉的腦袋中，緩慢地感到驚訝。自己認為見面會是「魔法」嗎？

她看著天花板坐了起來，看著自己房間內整齊的書架。

放在最明顯位置的是《金鐘》漫畫週刊的封面，全都是谷嵜 Reo 的作品，牆上貼的海報是谷嵜 Reo 的《紺碧萬花筒》改編成動畫時，雜誌的附錄，以及向附近的書店要來的《滿月高地》宣傳海報。闔起的筆電放在排放了動畫公仔的書桌上，上面貼了作品中出現的秘密結社標誌的貼紙，旁邊的《紺碧萬花筒》馬克杯是改編成電影時，只有工作人員才能拿到的完全非賣品，她在網路上終於競標到，也是她的寶物之一。

她注視著明亮房間內細部，但雙眼無法用力，眼前的一切沒有真實感。雖然剛才覺得是魔法，但她反而覺得昨天的自己才是現實，搞不好此時此刻，才是根本不存在的虛無時間。

每次參加沙龍實體見面會之後，她就覺得整個人都被掏空，所以現在的自己是行屍走肉。

昨天晚上，她目送參加者去KTV續攤後，獨自離開了會場，這是她一向堅持的原則。無論見面會的時間多麼開心，講座結束之後，就避免和會員建立過剩的交情。她每次都獨自先回家，而且這樣也有助於維持作家的神秘感。

只有一次，在見面會結束後，很自然地和莫克一起去吃飯。當時她也告訴自己，絕對不能和他有更深入的關係。看起來飽經世故的他說：「能夠和谷嵜老師單獨相處，簡直就像在做夢。」然後突然手足無措地道歉說：

「啊，不好意思，我說單獨相處並沒有特別的意思……」

「我知道。」紡泰然自若地微笑著，但內心應該比他更慌亂。她小鹿亂撞，而且忍不住期待，不知道接下來會有怎樣的發展，但莫克很紳士，那天完全沒有後續的故事。現在不時想起莫克臨別時說的那句「不知道什麼樣的男人才能和像老師這麼出色的人交往」，仍然會忍不住嘴角上揚。

一看時鐘，已經十一點了。

這一陣子為了昨天的見面會，整天都在看會員的作品，今天再多睡一下也沒關係——她正這麼想，走廊上傳來咚咚的腳步聲。

「紡！妳到底要睡到什麼時候？」

繫著舊圍裙的媽媽打開了紙拉門。紡之前就告訴她，這個燙鬈的髮型不適合她，看起來很老氣，但看到她又去重新燙了頭髮，就忍不住很火大。

「吵什麼吵！我剛起床，妳不要來煩我，昨天開完會之後，我也一直在畫。」

「已經早上了，我可以把早餐收起來了嗎？」

「啊？什麼意思？妳放在那裡，我就會去吃啊，妳不要來管我啦，我已經不是小孩子了。」

她在回嘴的同時，忍不住想，唉！為什麼媽媽每次都在我想要做某件事的時候來催我。以前就是這樣，準備要讀書的時候，媽媽就數落「妳都不用做功課嗎？」——再這樣下去，自己會完蛋。那時候自己比任何人更清楚這件事，媽媽也每天都對著自己發洩內心的不安。妳這樣下去沒問題嗎？都已經老大不小了，妳不擔心嗎？當初是不是應該讀大學？妳有結婚的打算嗎？

每次聽到媽媽說這種話，紡就失去了動力。

媽媽毫無顧忌地走了進來，拉開了窗簾，發出令人討厭的嘆息。

「正因為妳不是小孩子了，所以我才會說這些話。都三十六歲了，太沒出息了。」

「煩死了，我不是說了我在工作嗎！」

紡火冒三丈，大聲說道。媽媽不理會女兒說的話，又發出了刺耳的嘆息聲。

「我把飯放在桌上，都不知道是早餐還是午餐了。」

媽媽撂下這句話之後，走出了紡的房間。

媽媽離開後，紡看著拉開窗簾的窗外。

天空樹今天也聳立在晴朗的天空下。小時候，窗外看不到任何風景，在她從專科學校畢業的幾年之後，天空樹才開始興建。雖然她的房間又小又舊，但現在很喜歡窗外的這片風景。

媽媽粗暴地關上紙拉門，桌上的一個公仔被震倒了。我心愛的愛蓮娜。無論說多少次，媽媽向來都不會輕拿輕放。這張書桌可以配合身高調整高度，父母在她小學一年級的時候買了這張書桌，之後一直使用至今。她並不覺得需要換新的書桌，只是不時更換周圍的小擺設和書，平時還是在這張書桌前做事。

忘了多久以前，第一次聽到「兒童房的大齡女子」這個名詞。據說現在有很多「兒童房的大齡女子」和「兒童房的大齡男子」，即使在長大成人之後，仍然不搬出去獨立生活，繼續住在從小住的兒童房，和父母生活在同一個屋簷下。紡第一次聽到這個名詞，立刻想到，那不就是我嗎？這個名詞簡直妙不可言，想出這個名詞的人根本是天才。

那時候剛好是自己為不知道要這樣渾渾噩噩到什麼時候倍感焦慮，父母又整天數落「妳就一直這樣混日子嗎？」導致她喪失動力到極點的時期。那時候的房間比現在更髒亂，雖然還不至於到足不出戶，繭居在家的程度，但無論任何打工的工作都做不了多久，每隔一、兩個月就換工作。除了打工的時間以外，沒日沒夜地看漫畫、打電動，也不想和父母一起坐在餐桌旁吃飯，餓的時候去便利商店買零食或是輕食回家吃，房間內丟滿了空容器，她那時候的房間是典型的垃圾屋。

現在的房間已經整潔多了。她緩緩從床上坐了起來，坐在灑滿陽光的書桌前，打開了筆電，果然陸續收到了不少昨天的參加者傳到紡的線上沙龍網站的訊息。

『谷嵜老師，謝謝妳昨天安排了這麼特別的機會。我從小就很喜歡看妳的漫畫，能夠和老師面對面聊天，簡直就像在做夢。』

『谷嵜老師在百忙之中，仍然抽空和每一個粉絲交流，太令人感動了。雖然沒有和妳說到話，但我也曾經想要寫小說，如果我完成了，是否可以請老師過目？』

『參加了昨天的活動之後，除了老師的作品以外，我更被老師的人品圈粉了！希望老師下次再舉辦見面會。』

在許多訊息中，她看到了熟悉的帳號。就是昨天告訴她，《金鏟月刊》會為他安排責任編輯的那個人。

『谷嵜老師，昨天謝謝妳，我能夠有今天，全靠老師的指點。如果有一天，我真的有機會成為漫畫界的一分子，老師願意和我對談嗎？我會以此為目標，全力以赴！』

看著這則開朗──充滿鬥志的閃耀訊息，她嘆了一口細細長長的氣。

──怎麼辦？她忍不住想。雖然很煩惱，但內心的感覺很遙遠，彷彿是發生在別人身上的事。今天比昨天冷靜多了。昨天回到家後，花了很長時間在網海中搜尋，根據他提供的線索，搜尋「金鏟月刊、編輯、山下」，以及他得獎的那個獎項。網路上並沒有搜到任何關於編輯山下的照片或他的全名，為了謹慎起見，她更是瞪大眼睛看了之前電視節目去《金鏟週刊》採訪時的影片，仔細確認畫面中每一個角落，但仍然無法看到月刊編輯部的情況。搞不好那個姓山下的是出版社新進的編輯。

她每天會上網搜尋「金鏟週刊」、「谷嵜 Reo」的名字兩次、三次──有時候甚至超過十次。昨天聽到自己不知道的事，內心嚇了一大跳。她查了昨天聽說的谷嵜 Reo 和千代田恆輝一起去遊戲展這件事，發現原來是千代田在某家遊戲公司週年慶活動時發的宣傳單上寫了一篇文章，文章中提到了「幾年前，我和漫畫家谷嵜一起去遊戲展的時候」，她慌忙上網競標了可以看到文章全文的那份宣傳單。因為昨天才剛訂，所以現在還沒有收到，紙本的內容的確很麻煩，即使上網查，也無法馬上確認內容，而且根本追不完。

早知道是幾年前的遊戲展，根本不需要勉強附和。自己說錯話了。當然一方面要怪自己不瞭解這件事，但她更想痛罵昨天的參加者，根本不需要特地提起這種連他自己也記不清楚的小事。既然見到了崇拜的老師，竟然在當事人面前說這種自己也搞不清楚的事，太不尊重人了。如果是我，絕對不會對谷嵜老師說這種話——

鼻子吐出了帶著煩躁的嘆息。她試圖用深呼吸讓自己平靜下來，媽媽又偏偏在這個時候突然走來她的房間說：「啊，對了。」

「幹嘛？」

「妳的動畫是不是又要上映了？就是《滿月》那一部——」

「《滿月高地》！我不是說了很多次，既然妳搞不懂，就不要來干涉我的工作?!」

聽到媽媽結結巴巴地提到自己供奉在神聖的——真的是可稱為內心核心這種神聖位置的那部作品，頓時充滿了生活感，完全糟蹋了這部作品，她每次都忍不住生氣。真希望媽媽不要隨便提這部作品。

我的神——那些尊貴的作品。

目前正在《金鏟週刊》連載的《紺碧萬花筒》，以及之前連載的《滿月高地》、《工坊遊戲》的原著作者谷嵜 Reo 從來不曾出現在大眾面前，也沒有公開經歷，甚至沒有人知道作者的真實年紀和性別，是徹徹底底的覆面作家。

紡借用了那位作家的名字、作品和身分。

漫畫的原著是我寫的——她如此對外宣稱，無論對昨天參加創作沙龍的會員，以及父母、家人都這麼說。

□

第一次看到谷嵜 Reo 漫畫的衝擊太驚人了。

那是她就讀專科學校二年級那一年夏天的事。

那部作品就是《滿月高地》。那是谷嵜 Reo 第一部連載作品，之後他因為《紺碧萬花筒》被改編成動畫而瞬間爆紅，只不過當時還沒有走紅的徵兆。漫畫中的主角都是義賊，他們偷走了用卑劣的手法獲得財富的有錢人珍藏的美術品，造訪有各種不同設定的虛構國度。每個國家的世界觀和細節都很引人入勝，她只看了第一集，就立刻欲罷不能。

她特別喜歡第五集的故事。那一集的故事是，他們去營救遭到父母束縛的同伴麗麗。麗麗的父母對著主角慕恩大叫：「你到底是怎麼回事？有什麼隱情或是緣由，想要成為正義的化身？」

慕恩毅然地回答：

「既沒有隱情，也沒有緣由，我以我的身分誕生在這個世界上，既沒有悲劇的故事，也沒有出生的秘密可以引發他人的共鳴——請你們記住，英雄之所以成為英雄誕生在這個世界上，並不存在具有因果關係的理由，也不是因為有什麼隱情，才會產生想要幫助他人的想法，因為想幫助，所以就幫助，就這麼簡單！」

這番話太酷了，紡有一種耳目一新的感覺。

主角並不是有什麼特別傳說的偉人後代，也並沒有遭到欺壓，只是「普通」的人。父母和家人都很健康平安，也不是因為小時候生活窮困所產生的自卑，造就了後來的他。

——英雄之所以成為英雄誕生在這個世界上，並不存在具有因果關係的理由，也不是因為有什麼隱情，才會產生想要幫助他人的想法。

她看了一次又一次，深刻體會這些台詞。

紡從高中畢業後，不顧父母的反對，就讀了學習如何創作電視劇、動畫和遊戲的編劇專科學校。雖然父母一再要求她去讀大學或短大，還說她不管讀任何科系都沒關係，但她堅持不肯讓步，覺得只有這所學校才能學到她真正想做的事。

爸爸是區公所的職員，媽媽是家庭主婦。他們在年輕時買了一棟可以看到隅田川的老舊木房子，紡的生活空間就在這棟獨棟房子二樓的兒童房。

據說是媽媽為她取了「紡」這個名字。

媽媽和爸爸結婚，生下了女兒，順利為下一代編織了新生命，希望這個孩子有朝一日也會有幸福的婚姻，為下一代「編織」出新的生命故事——

小時候，媽媽經常這麼告訴她。小學上道德課時，老師要求大家「問父母自己名字的由來」時，紡又從父母口中聽了一遍這件事，當時只是覺得「這樣啊」，但之後漸漸發現父母在為自己取的名字充滿了欺騙。

結婚、為下一代編織生命——這種想法也太落伍、太陳舊迂腐了！媽媽覺得這種想法很帥氣，所以才這麼說，但紡對媽媽的食古不化和缺乏品味感到「太可怕了」。獨生女一定會結婚、生子——媽媽只能想到這樣的生活方式。她覺得父母用這個名字在詛咒自己。

自己的人生屬於自己——她覺得這是理所當然的事，但在選擇升學的學校時，第一次知道原來並非「理所當然」。雖然最後在她的極力爭取之下，終於就讀了她想讀的學校，但可以感受到父母對這件事的不滿。

爸爸向來沉默寡言，從來不會發脾氣，但紡不小心聽到他對媽媽說，「我沒想到自己的女兒竟然會變成那種人」。

「雖然我知道有人很喜歡動畫或是電玩這種東西，整天很沉迷，但沒想到自己的女兒會變成那種人。」

雖然爸爸並不是用怨嘆這麼強烈的語氣說這番話，但也正因為這樣，反而更加透露出爸爸的困惑和難以理解。在爸爸眼中，無論怎麼想，都無法認為紡喜歡的「那種東西」有任何價值。即使這樣，爸爸仍然願意幫她支付學費，所以自己應該算很幸運，只是她一直可以隱約感受到父母的輕視。他們並不是輕視紡，而是紡喜歡的事物，輕視她喜歡的一切，她覺得父母和自己之間有難以填補的鴻溝。

也許是因為紡一直在這個詛咒中掙扎，所以谷嵜 Reo 在《滿月高地》中的那些台詞擊中了她的心坎。

擊中赤裸裸內心正中央的感動和共鳴，她覺得——這個故事就是在寫我。她向來很喜歡漫畫、小說和動畫，看了不少，也讀了不少，但第一次有這種感覺。雖然受到很大的衝擊，卻感受到宛如春風般的讀後感。宛如春風般。她平時絕對不會用這種詞彙，但她似乎感受到一股充滿期待的、清新的風拂過耳邊，她願意用全世界最令人害羞的詞彙稱讚谷嵜的作品。

連載谷嵜作品的雜誌名字《金鏟週刊》似乎是取自「挖掘新才華」的意思，學生時代的紡用羨慕的眼神看著很多作品和才華從那本雜誌誕生。很多分別負責故事和繪畫的漫畫家也都在這本雜誌大顯身手，谷嵜 Reo 就是其中之一。雖然紡也很喜歡作品的畫風，但是漫畫中的台詞更深深打動了她，所以比起作畫的幸森泉琉，她更崇拜谷嵜 Reo，愛得如痴如醉。

「我覺得這位原作者是我的投胎轉世。」

有一次，她翻著最新出刊的漫畫，忍不住對專科學校的同學這麼說。

「啊！投胎轉世？妳和谷崙 Reo 不都還活著嗎？」

同學可能以為紡在開玩笑，所以這麼回答後笑了起來，但紡的內心覺得根本沒有任何矛盾。因為除此以外，沒有其他的說法。我想說的話、我內心的想法、想要說的故事——谷崙 Reo 完完全全寫了出來，那根本是自己遲早要寫的內容。

所以，他是自己的投胎轉世，這種感覺最貼切。

她甚至沒有對被谷崙 Reo 先寫出來而懊惱，她很想把谷崙的一切占為己有，很想向全世界宣告，我比任何人更瞭解作品中所表達的想法。隨著谷崙的作品走紅，除了自己以外，還有其他人也喜愛谷崙這個事實，令她感到痛苦。

明明我才是全世界最喜歡谷崙的人。

最初只是微不足道的開端。

因為當時的朋友都是在編劇專科學校認識的同學，所以大家對漫畫和動畫、小說和電影，以及遊戲的敏銳度很高，每次見面，都會聊最近走紅的作品。在聊天過程中，也經常提到谷崙 Reo 的名字。

「我也很喜歡這個漫畫家。」

「那些作品真的超棒。」

每次聽到朋友輕鬆地聊這些事，紡的內心就有一種煩躁的感覺。我也喜歡，但是我明明喜歡卻無法像她們那樣輕易說出口，因為一旦說出口，自己的喜歡就會變成和她們一樣。她為此感到很不甘心，因為自己明明比她們更加、更加喜歡，也更加近距離地貼近這位漫畫家。

強烈地想要更接近自己崇拜的對象——內心的這種想法，讓她有一次脫口說道：

「其實，我認識谷嵜 Reo。」

「啊？真的嗎？」

「嗯，我們兩家住得很近，小時候是經常陪我玩的大哥哥。」

因為在谷嵜 Reo 出道時就馬上注意到這個人，所以紡在內心強烈地認為他是「我發現的作家」。她相信谷嵜應該還很年輕，不久之前還沒沒無聞，她認為說這種小謊無傷大雅。

谷嵜 Reo 並沒有經營社群網站，很少有關於他私生活的消息。雖然可以找到很多關於作品的報導，但他從來沒有以作者的身分接受過任何採訪。只有負責作畫的幸森泉琉偶爾接受採訪，聽到他在採訪中提到「這是谷嵜的想法」、「谷嵜對畫風提出了這樣的要求」，才能勉強感受到谷嵜真有其人，所以紡的謊言也幾乎沒有引起任何人的懷疑。

「谷嵜就住在我老家附近，我們以前就經常一起聊書，但他要求我絕對不能告訴別人，他就是谷嵜 Reo。他在出道之前，就經常給我看他的稿子，但他說這些事也不能告訴別人，所以妳也不要說出去。」

她之前曾經對一個同學說，谷嵜是她的投胎轉世，這次又對另一個同學這麼說。之後這件事慢慢傳開了，聽她說是投胎轉世的同學也跑來問她：「妳真的認識他嗎？」紡也毫不猶豫地回答：

「嗯，雖然認識，但因為太崇拜他了，所以上次才這麼說。其實我們之前就經常聊到，我們想寫的內容很相似。」

紡也是在那時候知道，只要自己表現坦蕩，別人就不會懷疑。

而且其他人都生活在正常得令人驚訝的世界，他們都認為沒有人會為了滿足自己的虛榮心而說這種謊。紡在持續說謊的同時，不由得感動不已，原來這個世界上有人不說謊、不虛榮，活出自己原來的樣子。她感謝這些人的存在，更加得寸進尺，持續小心翼翼地說謊。

紡為了讓自己和谷嵜 Reo 是「朋友」的距離感更加牢固，也不遺餘力刻苦鑽研，只要作品中出現新的世界觀，她就整天跑圖書館蒐集成為那個世界觀基礎的國家的相關資料。在義賊篇的時候，她調查了古今中外的義賊；在救護員篇時，也針對現實生活中的救護員進行調查，她對這些事樂在其中。

只不過也同時覺得專科學校的學業讓她看不到未來。

那時候她已經漸漸瞭解，即使就讀編劇專科學校，畢業之後，只有一小部分人能夠找到相關的工作。

上課很開心，也學到了很多新知識，她也很喜歡和同學、老師一起討論最尖端的故事世界，但是如果要問她是否培養了寫出傑出的故事或台詞的能力，她反而覺得自己學得越多，越不知道該如何下筆。無論怎麼寫，都只是在自己喜歡的事物中，融入流行要素而已。她覺得自己也可以寫出像谷嵜Reo那樣的作品，每次看到他新推出的漫畫作品，就覺得「這就是我想寫的故事！」只是每次都無法搶先一步寫出來。

雖然她很想以此為職業，但在思考自己想寫什麼，自己到底想做什麼時，就覺得完全沒有頭緒。其他同學也都和她差不多，即使有的同學在同儕中表現很突出，但應該沒有人能夠以此為職業。

紡去了幾家動畫和遊戲製作公司面試，但都沒有被錄取。父母都得意地說：「所以當初就叫妳不要讀什麼專科學校。」和大學相比，專科學校畢業後，找工作的範圍很受限，但女兒努力找工作，仍然沒有任何好消息，身心俱疲地回到家時，有必要說這種話嗎？她對此深感疑問。

一方面是因為漸漸瞭解到，自己已經不可能「有朝一日」，成為像谷嵜那樣的人，所以才會進一步被他吸引。紡熱愛動畫、漫畫、遊戲和故事的世界，夢想有朝一日，可以在這樣的世界工作；夢想著「有朝一日」、「長大之後」，能夠超越目前一起聊著喜歡這些事物的同學，成為那個世界的一分子。

但是，現實似乎無法如願。有朝一日，希望可以加入那個世界的「有朝一日」，就是現在，如果現在不行，這輩子可能也沒指望了。

紡慢慢瞭解到，自己恐怕無法成為這個世界的「主角」，這輩子註定只能當路人甲。

專科學校畢業後，她進入一家服飾相關公司做事務工作，但那份工作並沒有持續太久。和以前在學校時不同，所有人都覺得她喜歡的東西只能歸類為「興趣」，每次聽到別人對她說「喔喔，原來妳喜歡那種東西」，就覺得心臟縮成一團，隱隱作痛。那種東西、那種東西、那種東西——她熱愛那種東西，幾乎願意奉獻自己的生命，卻沒有人能夠理解，光是這樣，她就痛苦得快要窒息了。

她拒絕參加聚餐，在內心看不起那些不瞭解「那種東西」樂趣的同事和前輩——也許是無意識中流露出這種態度，前輩開始抱怨「只要有她在，氣氛就很差」、「工作都會卡在她那裡」。不久之後，就發生了只有自己沒有收到資料之類的事，不知道其他同事是否在背地裡玩所謂的懲罰遊戲，有男同事開始向她示愛，挑逗她。在發生多次令她不願意回想，也令人難以相信的低級霸凌和性騷擾之後，她在職場因為過度呼吸而昏倒，最後在那家公司只做了一年就辭職走人了。

因為住在家裡，所以衣食住沒有任何不自由，但是整天不工作閒在家裡，父母的眼神讓她坐立難安。找了打工的工作，不久之後又辭職。在家休息一段時間之後，無奈之下，又出去工作——她一直重複這樣的生活。那一陣子是她的房間最凌亂的時期，吃太多零食，身材越來越臃腫，皮膚也很差。

那段時間的最大樂趣，就是谷嵜 Reo 的漫畫。學生時代追的《滿月高地》已經連載結束，《紺碧萬花筒》的連載也改編成動畫。雖然隨著他的作品廣為人知，變成遙遠的存在令人感到寂寞，但紡開始把自己的感想上傳到社群網站上。她不寫任何不必要的內容，只寫感想而已。

學生時代隨口說的謊仍然留在內心。我是谷嵜 Reo 的「朋友」，他是我的兒時玩伴，從小就認識的大哥哥——

沒想到差不多在那一陣子，看到了一行簡直可說是奇蹟的文字。

谷嵜 Reo 即使爆紅，成為當紅的漫畫家之後，仍然沒有經營社群網站，貫徹完全不對外公開私生活的態度，唯一的例外，就是在《金鐘週刊》的卷末，刊登編輯後記的部分，每次都會請漫畫家說一句話。谷嵜和幸森輪流回答編輯部提出的像是「今年夏天想做什麼事？」或是「會重複聽的音樂是什麼？」之類的問題。

有一次，紡看到了「窗外可以看到天空樹。期待早日竣工．谷嵜」的回答。

紡看到這句話時太震驚了。她非常、非常——激動。那時候，從紡的房間也可以看到正在建造的天空樹……原來他家也可以看到，和自己房間窗外相同的天空樹。

天空樹很大，即使從相當遙遠的距離，也可以看到，但是紡實在太高興了，躺在床上，看著窗外，一整天都喜不自禁。谷崙 Reo 家也可以看到天空樹。他活在這個世界上，的確生活在這個世界上的某個地方。

之前謊稱和谷崙 Reo 的老家住得很近，沒想到竟然成真了。雖然谷崙可能並不是從小就住在這附近，即使這樣，紡仍然很高興。

谷崙的存在近在咫尺，是特別的存在。也許是因為這樣的想法太強烈，紡在社群網站寫感想時，和谷崙之間的距離感也從原本純粹粉絲的角度稍微轉向。「雖然我認為這樣的發展也很好，但應該還有其他方向性。下次見面時，要稍微提一下。」——雖然應該沒有人看自己寫的感想，但用這種方式寫下來，可以暫時消除悶悶不樂，內心感到舒暢。

在她經常寫類似的內容之後，有一天，有人在她寫的感想下方留言。

「該不會是谷崙老師本人？」

她倒吸了一口氣，她太驚訝了，沒想到那個人又再度留言。

「如果我搞錯了，非常抱歉。雖然用朋友的語氣寫這些內容，但我覺得『下次見面時要稍微提一下』這句話，也可以解釋為寫給作畫的幸森老師。感想的內容也並非純粹對《紺碧萬花筒》的感想，更像是作者在創作時的糾葛，所以我每次都看得津津有味。」

不知道留言的人寫這些內容有幾分認真，紡也沒有回覆留言，但是她心跳加速。她的帳號追蹤人數並不多，所有的發文都是關於漫畫的感想，根本沒有任何影響力，沒想到竟然有人從這個角度理解。她感到很震驚。

冷靜一下，就發現自己的帳號沒有頭像，看起來的確很像是某個人的分身帳號。而且像谷嵜 Reo 這種怪胎如果玩起了社群網站，搞不好就是這種感覺。

谷嵜 Reo 是時下很難得一見的覆面作家，性別和年紀都沒有對外公開。在網路上搜尋他的名字，就會出現「谷嵜 Reo 推特」或是「谷嵜 Reo 部落格」等搜尋建議。這代表讀者都很想瞭解他真實的聲音，但仍然充滿謎團。再加上谷嵜持續發表作品，讓整件事變得更有趣了。

紡既沒有承認，也沒有否認，只不過從那天之後，她發文的頻率增加了，同時微妙地改變了距離感和寫法，從之前身為「朋友」的距離，變成好像是「本人」寫的內容。

「終於到了要為她的人生做一個了斷的時候了。」

「離別總是極大的痛苦。不想寫完。」

「決戰的時刻結束了。謝謝。獻給讀者，和比任何人都重要的所有角色。」

社群網站並沒有一下子就變成目前的形式，從中途開始，紡的發文內容非但不會提到谷嵜的名字，甚至也完全沒有直接提到作品名和角色的名字，但這種「暗示」的方式很成功。一個又一個人留言詢問「該不會……」。每次看到不是公開的留言，而是私訊詢問的數量增加，紡內心的某個部分就倍感溫暖。我寫的文字道出了谷嵜 Reo 的內心，我能夠和他心電感應。

以前曾經說過的「投胎轉世」幾個字，似乎變得更有真實感。

起初，即使有人詢問，她有時候承認，有時候不承認，但是零零星星收到的一些訊息，讓她產生了「我很想和這個人多聊一些關於谷嵜的事」的強烈想法。

不知道是否因為紡沒有很乾脆地承認，而是顧左右而言他後才承認的方式感覺更像是作者本人，所以接到紡傳訊息承認「我是谷嵜」的人，都會回覆「我不會告訴別人」、「我會保守秘密」。

「谷嵜老師一直避免出現在公開的場合，所以我也很珍惜能夠在這裡進行交流。」

久而久之，開始在封閉的環境中建立了「介紹制」。漸漸變成了在網路的某個角落，只有發現的人會用隱晦的方式，透過舊會員加入的線上沙龍形式。在彼此看不到對方的聊天中，紡以「谷嵜 Reo」的身分，回答了其他人各式各樣的問題。

——我是谷嵜 Reo，你們有什麼想問的問題嗎？

隔著螢幕的那些粉絲想要知道的問題，紡十之八九都可以馬上回答。因為至今為止，她調查了所有關於谷嵜 Reo 的公開資訊。

她告訴線上的會員，谷嵜的姓氏取自文豪的「谷崎潤一郎」，Reo 的名字來自手塚治虫的名著《小獅王》的雷歐。即使谷嵜本人從來沒有在任何地方說過這件事，但紡認為八成不會錯。只要看谷嵜的漫畫，就可以知道某個地方是向谷崎潤一郎的《刺青》致敬，漫畫中的那個城市的世界觀則是向手塚漫畫的《火之鳥：未來篇》致敬，他一定是這兩位大作家的粉絲。

在網路角落的這些人看到紡所寫的回答，都忍不住興奮莫名。

起初只是在線上交流。

但是，當有人提議「要不要舉辦實體見面會？」時，她——心動了。

從學校畢業快八年，紡也邁入了所謂的而立之年。

那一陣子連續看到好幾個同學和學弟妹的名字出現在電視劇或是動畫中，原本以為只有極少數人能夠靠寫劇本為生，其他人也都和自己差不多，沒想到有人持續創作，沒有輕言放棄，名字終於出現在電視和網路動畫的片尾名單中，這件事對紡造成的衝擊出乎她的意料。

如果不喜歡，不看就好了——雖然她這麼告訴自己，但她把在深夜播出的這些節目錄下來，然後對媽媽說「這是我以前的同學」，是希望父母對自己刮目相看。

雖然父母當年反對她就讀專科學校，但有同學的確從事這方面的工作。她帶著一絲復仇的心理告訴媽媽這件事，媽媽看了電視後，說了聲「真厲害」，然後又接著說：「妳的名字叫『紡』，照理說這個名字很適合編故事。」

她覺得自己的腦袋——快沸騰了。媽媽說的話很傷人，簡直太傷人了，難以想像有人會對別人說出這種話。

「不是吧？」

她說話的聲音顫抖，「這不是妳當初為我取這個名字的用意吧？妳不是說，是希望我像大家一樣結婚生子，編織生命嗎？妳不是從小就這麼對我說嗎？」

「好啦好啦，我知道了啦，有必要這麼生氣嗎？更何況我希望妳像大家一樣結婚，問題是妳根本沒有做到啊。已經快三十歲的人了，我做夢都沒有想到，自己的女兒竟然不結婚。」

她很佩服自己當時沒有一拳把媽媽打死。她很想破口大罵，也很想大發雷霆，但是，她只是躲回自己的房間，在床上無聲哭泣。父母用一廂情願的生活方式束縛自己，然後說這種傷人的話。但是，她無法反駁。如果是學生時代也就罷了，是自己沒有創造機會擺脫被他們束縛的生活方式，然而，她害怕出去工作，害怕不得不和其他無法理解自己的人說話，害怕無論做任何工作都無法持續太久。

我也對自己的人生超絕望。

她看向窗外，天空樹在夜景中綻放出藍色光芒。谷嵜 Reo 也在某個地方看著天空樹的光芒嗎？也許不是像紡這樣抬頭仰望，而是在視野絕佳的高樓層房間看著天空樹。還是說，他已經搬了家，他所看到的風景，已經和紡不一樣了——

不知道他過著怎樣的人生？

紡忍不住思考。

如果我真的就是谷嵜 Reo。她忍不住想像起來。如果自己有才華構思出那些故事和台詞，如果是自己，一定會和粉絲見面，也會舉辦很多場簽書會，充分傾聽大家的感想，親耳聆聽讀者對自己創造出角色的愛，聽讀者分享各自喜歡的台詞。那將是多麼甜蜜的時光。當然也會大量接受採訪，分享創作秘訣和自己的工作方法。聽說谷嵜 Reo 除了故事以外，還會親自執筆漫畫的分鏡等草圖。他這麼有才華，難道不想和大家分享嗎？但既然他沒有做這些事，隱姓埋名低調過日子，想必生活很充實，和紡完全不一樣。

天空樹的燈光很刺眼，她無法直視，於是輕輕拉起窗簾。薄窗簾無法擋住所有的光，天空樹仍然在視野角落淡淡發光。

「我是谷嵜 Reo。」

當她帶著輕鬆——帶著輕鬆的心情站在所有人面前時，會場的燈光，所有人的視線都很熾熱。所有人都露出驚訝的表情，他們驚訝紡比他們想像中更年輕，驚訝她真的出現在他們面前。

最初只是借用了都心一家咖啡店的包廂，比之後舉辦活動的會場小太多了，也只有不到十個人參加見面會，但是，在那次見面會上——

妳好漂亮。有人對她說。

原來是女性漫畫家。有人難掩驚訝。

妳外形這麼嬌小，從哪裡迸發出這麼充滿能量的台詞——大家都對她讚不絕口。她內心的緊張和猶豫頓時消失不見了。紡點了點頭說：「是。」回應了所有人的期待。「我很高興見到各位。」在她說這句話時，臉上露出了至今為止的人生中從來不曾有過的從容微笑，連她自己都有點不知所措。

但是——她清楚知道。

因為她也很愛谷嵜老師，所以清楚知道這些粉絲渴望谷嵜老師對他們說什麼，希望谷嵜老師如何回答，盼望谷嵜老師怎麼做。

比起身為紡的時候，紡在見面會時說的話就像長了翅膀一樣奔放自由。

最重要的是，參加見面會的人都是看了谷嵜的作品後，愛上了作品，彼此之間有共同語言，所以可以盡情地說只有彼此才能瞭解的話，這種喜悅遠遠超越了緊張和猶豫。

我是谷嵜Reo。

既然我是谷嵜Reo，就不能破壞作者的形象。當她這麼想之後，內心湧起了平時難以想像的力量。

「妳好年輕。」聽到有人這麼說時，她沒有正面回答自己的年紀，露出含糊的笑容，提供了自己的說詞：「我在學生時代就出道了。」即使遇到有點矛盾的狀況，她告訴自己，只要不說太多話，保持從容的態度，大部分的場面都能夠化險為夷。

「谷嵜老師好美，我好崇拜她。」

兩名看起來還是學生，就像以前的紡一樣的十幾歲讀者在會場後方閃著激動的淚水說道，她們並不是說給紡聽，但紡見到這一幕後，也差一點流淚。

好美。這輩子從來沒有別人用這兩個字形容自己。但是，聽到這些讀者的稱讚，紡甚至產生了一種使命感，開始注意自己的行為舉止，覺得絕對不能讓谷嵜Reo蒙羞。

原本以為「只此一場」的實體見面會，又在只限少數人參加的情況下舉辦了第二場。不久之後，又舉辦了第三場——就這樣一次又一次辦了下來。

但是，該停止了。即使再怎麼心情舒暢，也不能這樣繼續下去。紡內心這麼想著，沒想到在第五次見面會時，其中一名參加者遞給她一份稿子。

那是凝聚了他的「以後」、「未來」和「有朝一日」的漫畫稿。

「可不可以請老師過目之後，和我分享一下感想？」

他的眼神中充滿緊張。紡看到他的眼睛後，就無法再拒絕，因為我是谷嵜Reo，所以不能辜負他的期待。當她帶著這種心情翻開稿子後，看到了熟悉的景象。

從商業的角度來看，外行人寫的這種無法達到出版水準的稿子太稚嫩，但也充滿了在漫畫市場上感受不到的熱情。紡經過了這些年，已經可以從稿子中讀出以前自己奮鬥時，無法瞭解的外行人特有的缺點和強項。

看稿後提出建議，不去思考他是否能夠出道成為漫畫家，不去思考他是否能夠成為職業漫畫家，甚至不在意對方是否感謝她。她只是針對別人遞到她面前的稿子提出意見，討論如何讓作品更出色——這件事讓她感到樂此不疲，這種樂趣讓她感到不知所措，她想要繼續，她已經無法放棄了。

不對外公開的線上沙龍是谷嵜Reo的非官方粉絲聚集地，所有成員都瞭解這件事，線上沙龍悄悄地持續舉辦活動。雖然採取需要有舊會員介紹才能加入的完全介紹制，但人數持續增加，不久之後，在舉辦實體見面會時，甚至需要抽籤才能參加。

「老實說，我有點看不太懂谷嵜老師的漫畫，一度放棄追初期的連載。參加創作講座，請老師看了我寫的小說，瞭解了職業漫畫家的想法之後，也終於感受到谷嵜老師漫畫的趣味。我現在是老師的忠實粉絲。」

在某次實體見面會上，有一個女生對她這麼說。紡聽了之後，覺得自己對谷嵜老師也稍微有了一點貢獻，即使知道自己是卑鄙的冒牌貨，仍然感到高興。

在幾名資深會員的建議下，線上沙龍開始向會員收取會費，每個月向會員收取一千圓。參加實體見面會時，當天還要另外繳交活動費用。因為資深會員說，這有助於維持參加者的品質，紡也認為言之有理，更何況她目前的生活有很大一部分都是靠這些會費在支撐。

所以，這是詐騙。如果只看自己目前所做的事，一定會被歸類為詐騙。但是，紡完全無法接受這種想法，因為她已經全心全意投入谷嵜 Reo 這個角色了。

谷嵜 Reo 的人生很忙。

收取會費之後，她不需要再外出打工，所以她目前生活的重心都在經營線上沙龍和舉辦活動。紡成為谷嵜 Reo 之後，每天有很多事要忙。在網路輸入「谷嵜 Reo」這個名字，搜尋關於「自己」的大小事，掌握谷嵜周邊的漫畫業界目前發生的事，搜尋各種相關資訊。然後利用空檔時間閱讀創作講座的稿子，修改之後回覆會員。每次聽到別人說「谷嵜老師，謝謝妳」，原本空虛的心靈池塘似乎就有蓮花綻放。她的內心越來越充實。蓮花浮在湖面上，而且越來越多，內心就像極樂淨土般無比滿足。

她也敏感地觀察《金鑵週刊》編輯部和谷嵜 Reo 本人是否知道這個沙龍的存在，但是沙龍成立至今已經很長一段時間，幸好目前還沒有發現任何形跡敗露的跡象。

紡認為這和會員的高素質有密切的關係，所有人都很守信用，遵守了「知道是非官方的沙龍」、「不會向編輯部透露」的約定。紡對他們說，一旦言而無信，沙龍就必須解散，他們接受了她的拜託。不愧是谷嵜 Reo 的粉絲，作風和漫畫家本人一樣低調有禮。如果是其他漫畫家，恐怕就很難做到。

她為此鬆了一口氣，但是——紡也因此失去了某些東西。

那就是她無法再為接觸到谷嵜 Reo 本人的消息感到高興。以前無論得知關於他的任何消息，都會感到高興，現在有時候會覺得他很煩，希望他不要做一些無關緊要的事。如果是對她有用的消息，她當然竭誠歡迎，但同時也希望不要出現任何和她的「設定」矛盾的內容。她會忍不住這麼希望。

五年前左右，父母「發現」了她就是谷嵜 Reo。

媽媽看到女兒不出門工作，整天躲在房間內作業，完全沒有出門找工作的跡象，忍無可忍地衝進她房間說「妳真是太沒出息了」——紡正在房間內修改創作沙龍會員的漫畫。

那個人繪畫技巧很好，只是畫風受到《紺碧萬花筒》的幸森的影響，但只要修改一下，有機會成為具有獨創性的作品。

媽媽看到紡手上的畫稿，一時愣住了。

她是那種思想落伍的人，認為即使不打招呼，擅自闖入三十多歲女兒的房間也無所謂，那次恐怕是她這輩子第一次看到漫畫原稿，她瞪大了眼睛。也許漫畫原稿比她想像中更正式，看起來畫得很精細，她說了聲「啊，對不起」，就關起紙拉門走了出去。

父母從那個時候開始，發現女兒和之前不同，房間內整理得很乾淨，生活節奏也很有規律，開始注重飲食，注意自己的身材，以及為參加實體見面會準備的那些正式的衣服。他們似乎從中察覺到了什麼。

「小紡，我問妳啊。」有一天晚上晚餐時，媽媽語帶遲疑地對她說話，媽媽已經很久沒有叫她「小紡」了。

「什麼事？」

她尖聲問道，媽媽又問她：

「小紡，妳該不會、在畫漫畫？不是啦，媽媽不是反對，只是覺得妳找到自己想做的事，這樣很好。」

紡沒有吭氣，只是注視著媽媽，媽媽畏縮起來。紡根本沒問，她就一口氣說道：

「但是，妳今年已經三十一歲了，妳——現在才打算投入嗎？」

她一定趁紡不在家時，擅自闖進她房間內東看西看，紡覺得他們會滿不在乎地做這種事，爸爸可能也有相同的想法，坐在媽媽身旁不發一語。

紡頓時感到火冒三丈。

那一陣子拜託她看稿的會員中，有不少人三十五、六歲，仍然努力成為職業漫畫家。現在才打算投入嗎？聽到這種帶有言外之意的問題，她不加思索地「啊？」了一聲。聲音比她想像中更加不悅，更加充滿怒氣。她衝動地跑回自己房間，一把抓起《紺碧萬花筒》的漫畫，回到餐桌旁。

「這就是我。」

她指著封面上的「谷嵜 Reo」的名字，瞪著父母。

她完全不覺得自己在說謊、欺騙。我就是谷嵜 Reo，這件事就像呼吸、喝水一樣自然。你們是不是小看我？無聲的吶喊持續從內側敲打胸口。你們認為自己的女兒一事無成，沒有任何才華，整天沉溺在你們口中的「那種」世界，結不了婚，工作也做不久，根本是個廢物，所以整天都嘆著氣，在心裡看不起我吧？

爸爸和媽媽都張大嘴巴，說不出話。兩個人都不知所措，張大的嘴巴發出了「呃、呃、呃」的聲音。

「我不是打算投入，而是已經出道了，很久之前就出道了。我在讀專科學校時就已經出道了，但你們向來都看不起漫畫，所以我說不出口！因為我猜想你們會反對，但是，我已經出了好幾本漫畫，也改編成動畫和電影！但即使這樣，你們仍然會認為這一行沒出息，根本不放在眼裡吧？所以我說不出口。」

她在說話的同時，鹹鹹的淚水順著臉頰滑了下來，流進她嘴裡。她很不甘心，太不甘心，極度不甘心。活該。她生氣地想道。看著父母茫然地愣在那裡的樣子，她感到無比暢快。

女兒幾年前就已經實現了夢想，但因為你們的態度太惡劣，所以一直都沒有告訴你們。你們還搞不清楚狀況地為女兒嘆息，為女兒擔心，看衰我的人生，太莫名其妙了——在她的設定中，那個虛構的「紡」勇敢而可憐，她忍不住流下了眼淚。

下一剎那，爸爸站了起來，向來沉默寡言、老實耿直的爸爸臉皺成一團，一臉快哭出來的表情看著紡。為什麼不是媽媽，而是爸爸有反應？她感到納悶，爸爸注視著她，用響亮而嚴肅的聲音對她說：

「我們並沒有看不起！」

她感到驚訝，爸爸把手放在泣不成聲的紡的後背，再次用堅定的語氣說：

「沒有看不起！紡，妳很厲害，我們怎麼可能看不起妳？這是很出色的工作，爸爸和媽媽以前都不懂，對不起，所以妳一直不敢告訴我們。」

爸爸的聲音和眼神都很溫柔，可以感受到他之前真的很擔心紡。一旦看爸爸的眼睛就完了——她這麼想。她哽咽著說不出話，爸爸對她說：「對不起。」爸爸頻頻向她道歉。

「謝謝妳告訴我們，妳太厲害了，紡……爸爸真的太高興了。」

你之前明明看不起我，趕快向我道歉。雖然她仍然在心中叫喊，卻可以感受到叫喊的衝動已經減弱了。太現實了——雖然她也可以對爸爸發脾氣，只不過她無條件地瞭解到，爸爸真心為她感到高興。一方面是為女兒有正常的工作感到高興，以及消除了內心的不安而鬆了一口氣，雖然應該有這些因素，但不僅是這樣而已，他也單純只是為女兒感到高興，所以她才會哭。

其實自己並不是谷嵜 Reo，如果意識到這件事是精神正常，現在的自己精神到底有幾分正常？

其實他們的女兒並不是知名的漫畫原作者，和之前一樣，還是無業遊民。至少在那一刻，她對父母沒有絲毫的同情。可憐的「谷嵜 Reo」遭到父母反對，多年來無法說出自己職業，她和「谷嵜 Reo」內心的悲傷完全同化，所以才會流下淚水。

「對啊，太好了，太好了，對不起。小紡，因為媽媽和爸爸搞不清楚狀況，還為妳擔心，所以妳才不敢告訴我們。」

媽媽也跟著爸爸這麼說，握著低頭哭泣的紡的手，自己也快哭出來了，不停地說：「太好了。」

「當初為妳取紡這個名字，就是希望妳可以成為編織故事的人，媽媽相信妳可以成為這樣的人。」

妳還有臉說這種話！我要殺了妳——

雖然紡這麼想，但又覺得無論和他們說什麼，都是白費口舌。他們只活在現實生活中，完全不瞭解故事的世界。

我的父母在谷嵜 Reo 的故事中，竟然是這麼平凡的人。紡帶著這種絕望，同時感受著成功向父母復仇的喜悅，發自內心哭泣著。

□

線上沙龍的收入都會在每個月二十五日匯入。

紡人生的一大部分都和谷嵜 Reo 一起走過，對經營沙龍這件事並沒有任何猶豫，只是每次看到會員的人數，和匯入帳戶內真真切切的數字，都會感到惶恐。在網路的世界，這樣的數字並不算誇張，會員人數也不到三百人，但如果實際見面，這樣的人數就很可觀。這些人都相信紡就是谷嵜 Reo。

上次的那個年輕人，該怎麼處理他的事呢？

這一天，紡像往常一樣打開電腦，在各個網站搜尋著「谷嵜 Reo」和他作品的相關消息時，嘆著氣思考這個問題。

就是上次實體見面會時，說《金鐘月刊》將會為他安排責任編輯的那個人。雖然之前就覺得他的作品很不錯，但沒想到竟然真的得獎了。

——希望他不要出道。

這種真實的想法一直在她內心翻騰。出版社安排責任編輯。雖然月刊和週刊不同，但都是同一家出版社的編輯部，搞不好還在同一個樓層。一旦開始思考這個問題，負面的想像就會持續湧現，胃部深處好像痙攣般疼痛。

她害怕的當然就是謊言被揭穿，自己並不是谷嵜 Reo，無論多麼用力地把自己才是谷嵜 Reo 的故事套在身上，都無法改變現實，她為這件事感到焦急。她不止一次地想，如果可以用念力導致天崩地裂，自己搞不好真的會變成谷嵜 Reo。

但是，至今為止，曾經多次遭遇類似的瓶頸。

因為今年是紡冒名谷嵜 Reo 的第十年，她第一次在網路上開始自稱是谷嵜時才二十六歲，所以今年已經三十六歲了。

這十年來，紡化解了各種不同種類的矛盾、瓶頸，和大家的疑問。年紀的問題、性別問題、故事情節的發展、錢的事。父母曾經問她，怎麼處理出道之後收到的稿費和版稅，紡脫口回答說：「拿去投資了。」

她又接著說：

「因為我知道自己的個性會亂花錢，所以就都存了定存和投資。現在即使存在銀行，不是幾乎都沒有利息嗎？漫畫家一旦不紅，就沒戲唱了，我也不知道自己能夠維持目前的速度寫到什麼時候。我存的都是十年或二十年的定存，現在領出來會虧錢——所以我手上幾乎沒有可以自由動用的錢。」

「這樣啊。」媽媽似乎相信了，爸爸也點著頭說：「妳想得很周到。」雖然他們很想知道當紅的漫畫家收入有多少，但他們可能覺得即使是自己的女兒，直接談錢的事太俗氣，所以即使內心很在意，嘴上也只能這麼說。

紡在幾年前，就已經想好如果有一天——如果谷嵜 Reo 不再當覆面作家，出現在眾人面前，或是正常接受採訪時該如何處理。「我決定退休，所以把一切都交給他，由他繼承我的名字。」她想像自己挑選了繼承人，然後退出漫畫界的故事。沙龍的成員或許會感到奇怪，但紡決定到時候就消聲匿跡，不留下任何痕跡。

如果真的發生這種事——之後該怎麼辦？

她胡亂想像著，思緒碰觸到之前和莫克一起去吃飯時的記憶。紡意識到自己在幾年前，就覺得他很不錯，只是努力不去想這件事。一旦和對方深入交往，或許會曝露自己的真實身分。但是，我是「谷嵜 Reo」，是他崇拜的對象。那一次只要我稍微推一把，和他之間的關係或許就有進展。啊啊——不知道他有沒有女朋友？雖然媽媽罵我沒辦法正常結婚，但只要我願意，一定——

她想到這裡，思考停頓下來。

這十年來，她對自己本身面臨的困境的認識越來越淡薄。雖然現在真的很擔心，雖然為萬一失去目前的地位該怎麼辦而惶恐不安，內心深處卻有一種莫名的樂觀，覺得船到橋頭自然直，簡直就像事不關己。

——不知道他會不會在月刊上連載。

紡想起他閃閃發光的雙眼。他也許會成為真正的漫畫家，會成為明星。這麼一想，她難得湧現了原本以為早就遺忘的那種悶悶不樂、坐立難安的感覺。

真羨慕他。她真心這麼認為。好羨慕啊。她出聲說了出來，然後內心湧起了強烈得快要哭出來的想法。

我為什麼不是真正的谷嵜 Reo？

最糗的是，她下午上完廁所，正準備走出來時，聽到了這個消息。

她上廁所時，看了那一週的《金鏟週刊》。《紺碧萬花筒》這一集的劇情也精采絕倫。啊，等一下要上網查一下，有沒有哪裡在賣女主角華身上穿的那件襯衫。如果下次見面會時穿那件襯衫，絕對會有人發現。

她聽到廁所門外傳來了聲音。

「紡、紡，妳趕快開門！」

是媽媽的聲音。難怪我討厭住在家裡，就連上廁所也不能好好上——她這麼想著，咂著嘴大聲說：「等一下！我在上廁所！」沖水的時候，聽到進水器發出啾嚕啾嚕嚕的擠壓聲音。最近父母曾經向她提到，衛浴間似乎有點問題。父親已經從區公所退休，這棟房子也舊了，所以打算用退休金，大規模整修一下衛浴間，如果紡也能分擔一些費用就太好了——父母委婉地提出這個要求，紡不置可否地敷衍過去了。我哪裡有這種錢？在這麼想的同時，對一直以來，都努力撐起這個家的父母終於到了需要靠自己這個女兒的年紀感到焦慮。

改天要告訴他們，之前存的「版稅」和「稿費」在投資虛擬貨幣後虧掉了。父母一定會罵自己，為什麼去碰那種東西？到時候就惱羞成怒地反駁說，反正是我的錢，要怎麼用是我的事。

「吵死了，幹嘛啦？」她走出廁所，拿著《金鐘週刊》，不耐煩地說——看到媽媽一臉蒼白地站在那裡問她：

「妳遭到、逮捕了嗎？」

「啊？」

逮捕？聽到這麼莫名其妙的字眼，她忍不住納悶，媽媽到底在鬼扯什麼？爸爸從走廊的另一端走了過來，手上拿著全家人共用的 iPad，爸爸也同樣臉色鐵青。

「我剛才在網路上看到這則新聞，這是怎麼回事？」

「啊？」

她看向 iPad 的螢幕，螢幕上顯示了新聞網站，她看到映入眼簾的標題，頓時感到一陣頭暈。視野極度扭曲起來。

『當紅漫畫家涉嫌偷竊內衣褲遭到逮捕』。

標題下方的文字幾乎同時跳進她的眼中，看到那些文字的同時，她覺得脖子以下的體溫驟降。

『遭到逮捕的嫌犯是住在江東區的男子向井怜王（四十三歲）。向井是目前在漫畫雜誌《金鏟週刊》上連載的暢銷漫畫《紺碧萬花筒》的原作者，他以谷嵜 Reo 的筆名，發表了多部作品。』

這是怎麼回事？妳說，妳說啊……她聽到父母陷入混亂的聲音，但她覺得聲音很遙遠。她一把搶過爸爸手上的 iPad，捲動畫面。

『警視廳對外說明，嫌犯向井涉嫌侵入民宅和竊盜。六月九日，他闖入江東區公寓一樓的陽台，偷走了晾在那裡的內衣褲。事件發生後，接獲報案的警察調閱了設置在附近的監視器，分析影像進行偵查，在十八日逮捕了向井。警視廳透露，嫌犯向井對案情供認不諱，承認「（自己偷竊內衣褲的）相關情事屬實」。』

「我問妳，這是怎麼回事？小紡，谷嵜 Reo 不是妳的名字嗎？這個男人是怎麼回事？內衣褲小偷是怎麼回事？」

「這個人是不是因為遭到逮捕就亂說話？如果新聞搞錯了，妳要趕快去更正。」

父母驚慌失措的聲音在耳邊響起，她很想捂住耳朵，很想大叫：「閉嘴！」也許她真的大聲叫了出來。紡也身處混亂的漩渦，不知道怎麼回事，也不知道該怎麼理解。

「我去向編輯部確認一下！」

她向父母說了這句話，就急急忙忙回到自己房間，坐在電腦前。因為操作滑鼠和鍵盤的手指在發抖，所以花了比平時更長時間才終於打開電腦。心臟發出了從來不曾感受過的巨大聲音，她覺得自己可能會就這樣一命嗚呼。明明是坐著，卻好像在全速奔跑。

線上沙龍的網站果然混亂到了極點。

『這是怎麼回事？』

『因為竊盜遭到逮捕的那個男人到底是誰？』

『他該不會是負責作畫的幸森？』

『谷嵜老師和那個人有什麼關係嗎？』

心臟和呼吸幾乎快停止了。

即使在這個時候，大部分沙龍的會員仍然認為遭到逮捕的「嫌犯向井怜王」並不是谷嵜 Reo，紡才是谷嵜 Reo 本尊。也許是他們希望可以這麼相信，紡能夠理解——她痛切地能夠理解他們的這種心情，但是發現真相的人也陸續傳訊息給她。

『妳是誰？』

『我得知這個沙龍後，很開心地參加各種活動，但妳該不會並不是谷崗老師？』

『妳不是谷嵜 Reo 嗎？』

『虧我相信了妳，妳這個騙子。』

有朝一日，會放棄谷嵜 Reo，對外聲稱是把一切交給繼承人，自己決定退休——事到臨頭，她才深切感受到，自己根本沒有這種想像中的餘裕。

紡沒有任何可以向他們交代的話語，她無言以對，因為她完全沒有預料到這種狀況，前一刻看的《金鐘週刊》上，還刊登了谷嵜 Reo 最新的連載內容。無論紡還是其他人，都深信下週和下下週都會持續連載，之後也可以一直追下去，沒有一絲一毫的懷疑。

房間內很悶熱，但她就像在冰冷的水中溺水一樣呼吸急促，從身體的骨子裡冷出來，無意識地咬緊的牙關之間吐出的氣也很冰冷，她陷入極度混亂，顫抖從腳底爬了上來，無法停止。

她再度帶著祈禱的心情點開了網路搜尋的首頁，忍不住「啊啊啊！」地驚叫起來。因為首頁的頭條新聞出現了「當紅漫畫家涉嫌偷竊內衣褲遭到逮捕」的文字。標題旁顯示的留言數已經有三位數——既然已經成為頭條新聞，讀者應該也看了新聞的詳細內容。

每一則新聞都寫了相同的事。以谷嵜 Reo 為筆名在漫畫界相當活躍的嫌犯向井怜王涉嫌偷竊內衣褲遭到逮捕，新聞中提到了《紺碧萬花筒》的發行數量、在去年的漫畫暢銷排行榜中的名次，以及改編成動畫電影的票房成績，說明嫌犯是多麼受歡迎的漫畫家。有些報導甚至還列舉出主角的名字，介紹了故事情節。紡看到這些內容，忍不住大叫著：「不要！」愛蓮娜和華他們所建立的一切，和「內衣褲小偷」的文字出現在同一個頁面，簡直是莫大的褻瀆和污辱。她覺得快昏過去了。

她點開了新聞的留言欄，簡直心都碎了。

『啊啊。』

『因為很喜歡，所以一直在追這部漫畫，現在回想起來，作品描寫女性的方式的確帶有偏見。』

『好不容易紅了，這下子完蛋了。』

——這下子完蛋了。

雙腳的顫抖蔓延向全身。好像有人在她耳邊呢喃這句話，這句話滲進她的身體深處。這下子完蛋了。

谷嵜 Reo 完蛋了。

我也完蛋了。

耳朵深處很燙，從剛才開始，就頭痛欲裂。全身越來越冷，原來心情對身體產生這麼大的影響。她感到胸口發悶，躺在床上縮成一團，胸口好像真的被什麼東西壓住了。媽媽擔心地走進房間看她，為她量了體溫後，發現高燒到三十八度。

她昏昏沉沉地對滿臉擔心的父母說：「目前正在請編輯部確認。」編輯部是什麼？她的認知開始崩潰。我到底在幹什麼？

她自己也很驚訝。真的會因為精神受到打擊影響到身體狀況嗎？有人對她生氣，有人罵她，各種問題逼她必須做出回答。這些想像在她腦海中持續不斷，但是，她不知道具體該對誰說什麼，也不知道該思考什麼。背脊和腰，還有全身所有的關節都痛了起來。

她的身體因為發燒和寒意顫抖不已，她一次又一次瀏覽網站。

當天傍晚，《金鐘週刊》編輯部在出版社的官網發表聲明，表示《紺碧萬花筒》將停止連載。出版社做出了明快的判斷。

有鑑於事件對社會造成的影響，編輯部認為無法繼續刊登。負責作畫的幸森泉琉老師也受到很大的打擊，編輯部將繼續支持幸森老師——

雖然原本就猜到會發生這種情況，但紡躺在被子裡，注視著手機的小螢幕，忍不住發出了嗚咽，哭得泣不成聲，淚流不止，濕了發燙的額頭和臉頰。已經看不清字了，再也無法知道那些角色接下來的情況了，他們的人生永遠都不會有結局。

為什麼？——她感到不解。

如果我是谷嵜Reo，絕對不會去偷什麼內衣褲。他已經是谷嵜Reo本尊了，為什麼會去做這種事？

深夜時，收到了莫克傳來的訊息，連載停止的消息一出，沙龍的留言欄已經亂成一團，寫滿了認定紡是「冒牌貨」的留言。

曾經是最熱心會員的莫克傳來的訊息相對比較冷靜。

『谷嵜老師，請問妳有看訊息嗎？我想聽妳親口說明，在此之前，我相信妳。』

他還叫我「谷嵜老師」嗎？

我相信妳。這句話太沉重、太沉重、太沉重，她幾乎快被壓垮了。

但是，無論再怎麼亂成一團，沙龍的訊息還算是溫和。

沙龍的會員對作品和作者都有深厚的感情，但在並不是很瞭解谷嵜 Reo 的世界，在他成為「嫌犯」之後，抨擊他的言語更加冷酷無情。到處可以看到相關的新聞，最令人痛心的是，對作品的評價遭到曲解。紡認為谷嵜描寫女性時絕對沒有偏見，但那些根本不是很瞭解的人卻認定有偏見。紡覺得很痛心，也覺得很可悲。

你不是谷嵜 Reo 嗎？

真希望高燒永遠不退——真希望就這樣死了。她的腦海中無數次閃過這個念頭，因為即使身體恢復了，也已經回不去了，也沒有可以接納自己的地方。自己失去了一切。她害怕打開電腦。我失去了谷嵜 Reo 的人生，我自己的人生已經一無所有。

兩天後，網路上出現了『嫌犯谷嵜 Reo 遭到逮捕的瞬間』的照片。

紡在那一刻充分感受到網路的可怕，完全沒有隱私。照片拍攝到看起來像是公寓走廊的地方，一個男人和警察一起走出房間。男人穿著灰色運動衣褲，一頭邋遢的長頭髮，氣色很差，皮膚也很差，臉上的鬍子也沒刮。照片的說明寫著「看到住家附近有人被警察抓，隨手拍了下來，從地址來看，不就是谷嵜 Reo 嗎？」

照片下有很多留言。「原來谷嵜 Reo 長這樣」、「感覺不意外」、「所以他家裡有偷來的內衣褲」、「內衣褲小偷，辛苦了」，所有留言全都是酸言酸語。

紡比世界上任何一個人更仔細地端詳那張照片。那是谷嵜 Reo。本尊的長相。駝背、眼神渙散的混濁雙眼——她目不轉睛地看著那個身影。

紡認識這個人。

□

紡找到的那棟房子是一棟很小的木造小公寓。

她看到公寓這麼小，不由得大吃一驚。眼前這棟房子比紡住的房子更老舊，比爸爸這個只是努力工作的普通老百姓貸款買的二手木造透天厝更舊、更破。

紡從家裡騎腳踏車過來只花了三十多分鐘，如果開車，應該不到十分鐘——原來真的住在附近。紡心想。她到這裡後的第一件事，就是站在公寓前抬頭看向後方的天空。

天空樹就在那裡。

天空晴朗得有點諷刺，蟬在叫，紡的臉頰上冒著汗。

如果無法見到他，那也無可奈何。因為這起事件引起了軒然大波，照理說，他應該已經搬家了。即使這麼想，紡仍然探頭看向樓梯旁，那裡有一排信箱，看起來就像是早期電影的布景。雖然不知道他住在哪個房間，但從那張照片研判，他應該住在二樓——當她探頭張望時，發現其中一個信箱被噴了紅色油漆。看到油漆噴的「變態漫畫家」幾個字，她忍不住吞著口水。下方貼了有設計感的小字寫了「向井」的貼紙。

要不要直接去他家？紡正在猶豫，看到一個低頭駝背的男人一顛一顛地走了過來。紡一看到他，頓時無法動彈。要不要躲起來？要不要逃走？——雖然事到臨頭，她閃過這個念頭，但還是站在公寓前。

她沒有逃走，注視著走過來的那個男人——谷嵜 Reo。

谷嵜走過紡的面前，準備走向通往自己房間的樓梯。紡覺得他並不是故意對自己視而不見，而是他原本就低著頭，盡可能不看別人的關係。所以，紡叫住了他。

「呃！」

谷嵜的身體跳了起來，他膽戰心驚地回頭看著紡，他們相互注視，紡下定決心對他說：

「你好，呃，我是……」

谷嵜露出驚恐的眼神看著她，認出是紡之後，用緩慢的動作輕輕點了點頭說：

「喔，妳是……假冒我的那個人？」

聽到他這麼問，紡羞愧得恨不得馬上消失，但也只好小聲地老實承認：「對。」

紡的線上沙龍最後一次舉辦實體見面會時，有一個初次來參加的人完全沒有和其他人交談。紡希望所有參加者都能夠平等地樂在其中，所以請莫克去關心一下的那個男人，此刻就站在自己面前。

紡看到谷嵜 Reo 遭到逮捕的照片瞬間，立刻發現就是他，自己曾經見過他，他就是來參加實體見面會的那個人。

得知這件事後，就無論如何都想和他見一面。

原本以為自己的沙龍一直沒有曝光，所以才能持續至今，沒想到竟然早就被人知道了？而且原作者本人還親自來瞭解情況，到底為什麼？

紡無論如何都想知道其中的理由。

紡上網調查，如果是竊盜的初犯，遭到逮捕後通常會有什麼樣的結果。如果是內衣褲小偷，通常會和被害人和解，一旦和解成立，獲得不起訴處分，被拘留幾天之後就會獲得釋放。據說內衣褲小偷屬於慣性很高的犯罪，警方當然也會調查是否還曾經犯下其他罪行。既然他這麼快就獲得釋放，代表真的是初犯嗎？

紡不知道谷嵜獲得釋放後，是否仍然會回到這個家，但在案發至今已經過了兩個星期的今天，她決定賭一把，於是來到這裡。她看到網路上有人在調查後公布的資料，得知了這裡的地址。

她完全沒有想到，谷嵜竟然已經出門在外走動。

紡沉默不語，谷嵜不知所措地喃喃發出「啊」、「不」之類的聲音，然後問她：

「呃，要不要進來？」

他的聲音像幽靈一樣死氣沉沉。

「雖然我家很亂，但這裡很熱，而且也可能被別人看到……」

「那就打擾了。」

紡點頭回答時忍不住想，為什麼自己這個不請自來的「冒牌貨」反而落落大方？

「你沒有搬家嗎？」

跟著谷嵜來到他家門口，紡立刻屏住了呼吸，因為他家有一股熟悉的臭味——雖然並不是很嚴重，但她對這股臭味很熟悉，所以抬起的腿拒絕繼續走進去。

堆積如山的漫畫雜誌、從書架上溢出來還倒在地上的一堆堆漫畫和書，零食袋子、空保特瓶、空瓶子，還有堆在玄關尚未拆封的紙箱。

雖然不至於凌亂不堪，但也顯然沒有整理，簡直就像紡以前的房間，這裡和她成為「谷嵜 Reo」之前，活得像行屍走肉般時的房間太像了。

但他明明是「谷嵜 Reo」本尊啊。

「啊？」

「我以為你出事之後會搬家，沒想到還住在這裡。」

他不擅長和別人聊天——這次見面，之前對他的第一印象仍然沒有改變，谷嵜和紡眼神交會的瞬間，立刻移開了視線。

「嗯，因為我也不知道能不能順利搬家。」

「你不知道？」

「之前我想要搬家時，沒有通過房東的審核，因為房東認為漫畫家是自由業，工作很不穩定。一度遭到拒絕後，我就覺得這種事太麻煩，就一直住在這裡。」

「這樣啊，難怪——」

紡點了點頭，谷嵜露出驚訝的表情看著她。當他們眼神交會時，他似乎又想閃躲，紡故意移開了視線。

「你之前不是在《金鐘》的卷末提到，住在可以看到天空樹的地方嗎？所以我很好奇，你從那時候到現在，都從來沒有搬過家嗎？你是當紅的漫畫家，照理說應該可以住在更好的地方。上次那個房子只是不湊巧，沒有成功租到，但之後改編的電影票房很理想，只要找別的房子，絕對可以搬去更好的地方。」

「現在已經不可能了。」

紡冷不防聽到一個冷靜的聲音，紡見到他之後，情不自禁一口氣說了很多話，聽到這個聲音後立刻閉了嘴。谷崎並沒有生氣，對紡說了聲：「請進。」帶她走進屋內。他把散亂的書和座墊挪到一旁，騰出了可以坐下的空間。

在幾乎算是第一次見面——而且對方還因為偷竊內衣褲遭到逮捕——的男人家中，只有他們兩個人面對面，照理說應該會排斥，但看到谷崎目前的樣子，這種想法也漸漸消除了。她走到放在磨損榻榻米上的小桌子旁坐了下來。

谷崎從手上拎著的塑膠袋內拿出唯一的一瓶保特瓶裝水，把水倒進放在廚房旁的馬克杯中遞給了紡。紡看到馬克杯上的圖案，立刻吃了一驚。紡的家中也有這個工作人員才有的馬克杯，紡是上網競標到的，但谷崎家的這個杯子顏色很黯淡。

「現在——已經平靜了嗎？」

「啊？」

「我是說事件。」

「喔……」

谷崎不知為何看著自己的手，神經質地折了兩、三次手指，然後點了點頭說：

「嗯，對方同意和解。回家一個星期後，當然也就平靜下來了。大家應該已經忘記我的事，我現在也可以出門買東西了。」

「是嗎？」

「嗯。」

「那個……」

「那個……」

兩個人同時開了口，紡瞪大了眼睛，谷嵜也露出了相同的表情。「你先說。」「不，還是妳先說。」兩人相互禮讓，最後還是紡先開了口。

「……對不起。」

「啊？」

「我假冒你，還成立什麼沙龍，我今天來這裡，就是想為這件事道歉。」

紡並不認為可以得到他的原諒，她正襟危坐，鼓起勇氣注視著谷嵜，沒想到谷嵜露出不感興趣的表情。紡跪在榻榻米上，說著「對不起」，準備再次鞠躬時，谷嵜搖了搖頭說：

「呃，妳別這樣，原來妳是為了這種事來找我。」

「這種事……」

「沒事啦，事到如今，這種事根本無所謂。」

「但是，你不是也來了我的沙龍嗎？你隱瞞了真實身分，假裝是粉絲。」

紡想起這件事，羞愧得無地自容，臉上快噴火了。她當著谷嵜本人的面，自以為是地自稱是「谷嵜 Reo」，明明是外行人，卻依樣畫葫蘆地假裝是職業漫畫家，還舉辦什麼創作講座。

而且在原作者本人問她對作品的解釋時，她還煞有其事地回答，不懂裝懂地說什麼「只能有這樣的結局」、「有些內容不刻意描寫，反而更能夠呈現出來」。

那天的表現不是小丑，什麼才是小丑？

當時還在他面前說什麼「我的沙龍」。雖然除此以外，沒有其他說法，但她還是感到無地自容。

「你來沙龍，是來看好戲嗎？」

「啊，不是……」

紡咬著嘴唇，谷嵜對她搖了搖頭。

「那是……因為之前就聽說了傳聞，說有這種活動，所以我就決定去看看。起初的確有點生氣，我寫得那麼辛苦，竟然有人號稱是自己的作品，到底是怎麼回事？所以想看一下做這種事的人到底長什麼樣子。」

紡聽著谷嵜說話，覺得一字一句刺進心裡。崇拜多年的谷嵜知道自己這個人，但想到他竟然這麼看自己，很想去死，她完全無法辯解。

谷嵜對著快哭出來的紡繼續說道：

「但是——我雖然生氣，但也很好奇，想知道別人眼中的『我』，到底是什麼樣子。因為有這種想法，所以我就實際去看了一下，去了之後，真的大吃一驚。」

谷嵜看著紡，這是他們第一次眼神交會，谷嵜疲憊地笑了笑。

「我發現妳比我更像我。如果是谷嵜 Reo，應該會這麼說；如果是谷嵜 Reo，應該會這麼做。我想妳應該調查了所有大家對『我』的想像，然後就變成了那樣的『我』，我感到驚訝，但同時又很感動，覺得妳太用心了。」

「……你在嘲笑我嗎？」

「有一點，但也真的很感動，然後還有那個創作講座。」

紡聽到他提起這個名字，倒吸了一口氣。

「因為妳超認真在辦那個講座，所以我有點被妳嚇到，想說妳到底有多拚。雖然覺得有點可怕，但那些被妳修改作品的會員都很高興。我發現妳和他們之間建立了良好的關係，我覺得不能因為自己是本尊而插手干涉這件事。更何況妳對我的漫畫也調查得很充分，在這個基礎上進行詮釋。關於第一部的結局，妳的詮釋和我、幸森的想法完全一致，我忍不住起了雞皮疙瘩。」

紡——停止了呼吸。

紡覺得自己才起了滿身的雞皮疙瘩。此時此刻，谷嵜 Reo 當面對自己說了這些話，他認同了紡的意見，認同了紡對作品的詮釋。紡覺得自己的臉頰發燙。

「當然也有很多地方並不正確，但我覺得好像都無所謂了，我舉了白旗，覺得妳在那個沙龍當谷嵜 Reo 也沒關係。」

「原來 Reo 是你的本名。」

谷嵜似乎再度低下了頭。

「原來你的筆名不是來自《小獅王》，而是你的本名叫『向井怜王』。我沒辦法知道這些事。」

「……其實妳並沒有搞錯，因為我爸爸很愛手塚，所以用了和那頭白獅子相同的發音，為我取了怜王這個名字。」

從他說這句話時夾雜著敬語，可以感受到他帶著一絲緊張，也許是因為聊到父母的關係。出版社宣布，「有鑑於事件對社會造成的影響」而停止連載，不知道在事情發生之後，他和家人之間的關係如何。

「谷嵜先生，請問你的家人？」

「啊？喔喔——」

他的房間很雜亂，難以想像經常有人來他家作客。不知道編輯，或是為他作畫的搭檔幸森有沒有支持他，不知道有沒有朋友或是女朋友——他這麼有才華，難道和自己一樣孤獨嗎？紡想到這裡，忍不住快哭了。

沒想到谷嵜回答說：

「我年輕時結過婚，只是婚姻出了問題。之後就一直孤家寡人，雖然當初也生了孩子，但孩子一定不想見我。」

差一點流出來的眼淚又縮了回去，紡不知道該怎麼回答。

原來他結過婚，紡忍不住想。

「原來、是這樣。」

「嗯。」

紡總算附和了一句，但可以察覺到自己受到了打擊。自己並沒有把谷嵜視為異性而喜歡他，也沒有把他當偶像崇拜，但還是很受打擊。

結婚、離婚，還有小孩，紡簡直難以接受。

她覺得直到前一刻的自己簡直像傻瓜，這下子完蛋了。她想起了網友的留言，自己到底帶著什麼期待來和落魄潦倒、已經完蛋的谷嵜見面？

「──我想請教你一個問題。」

這是紡兩個星期以來，一直想不通的問題。谷嵜沒有轉頭看她，紡看著他一動也不動的臉問：

「你犯下那起事件，和你不久之前來我的沙龍，有什麼關係嗎？」

谷嵜的臉──微微動了一下，他的視線飄向紡的臉周圍，但並沒有看紡的眼睛。

「沒有。」

谷嵜斬釘截鐵地回答。

「對不起，那個、妳對我還沒有這麼大的影響力，真的完全沒有任何關係。」

谷嵜搖了搖頭，臉上露出了陰鬱的笑容。

「對喔，我搞不好也造成了妳的困擾……是不是？那個沙龍目前怎麼樣了？」

「目前呈現毀滅的狀態，大家都知道我是冒牌貨，我整天惴惴不安，擔心他們萬一告我該怎麼辦。」

線上沙龍騙取會費是詐騙行為，這個事實無法消失，雖然目前向父母辯稱，其實自己是幽靈寫手，受谷嵜 Reo 的委託寫劇本——所以領到的稿費也很少——但她不知道這個謊言可以撐到什麼時候。

明明是紡自作自受，谷嵜卻為難地露出了不知所措的表情。紡看到他的表情，頓時感到極度悲傷和憂愁，她並不是真的認為自己是引發那起事件的原因。

但是——

「那你為什麼會偷內衣褲？」

是不是有什麼誤會？紡內心仍然無法完全消除這種想法。

你明明是谷嵜 Reo。

你可是有辦法寫出那部漫畫的人。

至今為止，紡不止一次希望和祈禱，希望自己就是谷嵜 Reo，祈禱可以和谷嵜 Reo 交換人生。他曾經結婚，曾經有人愛他，還生了孩子，為什麼會做出那種事？為什麼引發那種無聊的事件，摧毀了至今為止所建立的一切？

谷嵜很長時間都沒有回答，蟬鳴聲穿過公寓的薄牆，在室內響起。谷嵜的房間真的很亂，宅配送來的紙箱側面寫著「CAMP」的文字，紡覺得很像是糟糕的玩笑。你現在根本沒有朋友或是家人會和你一起去露營吧？

「其實沒什麼理由。」

谷嵜的聲音很無力小聲，好像很費力地擠出的聲音。

「雖然很多人、各式各樣的人都問我，是不是有像是壓力之類的原因，但其實那天只是剛好走過一棟公寓時，看到內衣褲很可愛，覺得很想帶回家。當我回過神時，發現自己伸出了手，我把內衣褲藏在口袋裡，拔腿逃走後，才意識到自己偷了別人的內衣褲。我沒辦法再送回去，而且如果送回去，對方可能反而會害怕。這麼想之後，就把這件事丟著不管，我當時以為不會有人知道。」

紡很想捂住耳朵，明明是自己問了這個問題，現在卻不知道該怎麼回答。

內衣褲小偷。太好笑了。笑死。新聞的留言欄內有很多人把這件事當成笑話，但紡覺得內衣褲被偷的那個女生可能受到很大的傷害。雖然新聞只寫是「內衣褲」，所以不知道他偷的到底是內衣還是內褲，如果是內衣，價格很貴。如果紡的內衣被偷，一定會生氣很久。只要有人曾經闖入家中的陽台，即使只是短暫的瞬間，從那天晚上之後，一定會很長一段時間都嚇得無法安穩睡覺。雖然她不知道被害人是什麼樣的人，但內衣褲小偷絕對不是輕微的犯罪。

但是——她也同時知道，自己希望谷嵜 Reo 說出「理由」或是「故事」的心情，也是一種欺瞞。既然他說沒有理由，就真的沒有理由。

想念離婚的前妻，或是因為見不到孩子太難過，所以才會做這種事。因為創作的壓力而心浮氣躁，或是被信任的人背叛，才會做這種事洩憤——自己試圖在他身上尋找能夠對他產生共鳴的故事，只是紡的欺瞞，只是為了讓自己能夠接受這個事實。她瞭解，也知道，因為以前曾經在他的漫畫中看過。

——英雄成為英雄，並不存在具有因果關係的理由。

有些犯罪，也沒有任何背景。

雖然未免太衝動，令人驚訝，也很令人難過，但人有時候就是會做這種穩賠不賺的事，即使是谷嵜 Reo 也一樣。

「那個……對不起。」

谷嵜突然開了口。

就在前一刻，他才坦承了難以啟齒——很難以啟齒的事，但他看起來很為難怯弱，滿臉擔心地看著紡。

「對不起，因為這種理由毀了一切，也毀了妳的沙龍。」

「對啊，難以相信，我真的……」

紡的嘴唇在顫抖，她原本想說「真的很想殺了你」，也可能想說「無法原諒你」，但是──

「以後看不到了嗎？」

她小聲問道。谷嵜驚訝地瞪大了眼睛，極度的悲傷籠罩了紡的心，她好像在吠叫般大聲地說：

「你要繼續寫，即使沒有人作畫也沒關係，請你繼續寫下去。怎麼可以把愛蓮娜和華丟著不管？你要把她們帶到最後一集，你腦袋裡應該已經有結局了！」

「沒辦法。」

谷嵜滿臉歉意，但很堅決地搖了搖頭。

「對不起。」

「不，請你繼續寫，因為我的人生有一大半都被你奪走了。」

「不，啊，這要怪我嗎？」

對不起，真對不起……谷嵜無力地重複同一句話。我明明是冒牌貨，他為什麼向我道歉？紡感到很不甘心，非常不甘心，很想起身離開，卻仍然繼續坐在谷嵜的家中。紡坐在雜亂的、滿是灰塵的谷嵜家中，為他為什麼住在這種地方感到很不甘心。

他的房間很悶熱，窗戶裝了磨砂玻璃，根本無法清楚看到天空樹。

唉唉唉，她忍不住想。

她嘆了一口氣，心亂如麻地想。原本還以為自己和他看到了相同的風景，但其實根本是自己的幻想。

「呃，謝謝妳來這裡。」

當她走出谷嵜家時，谷嵜竟然對她這麼說。紡露出極度銳利的視線注視著他，他有點畏縮，但低下頭後繼續說：

「雖然以我目前的處境說這種話有點那個，但是謝謝妳。」

「誰管你啊！」

紡很生氣。她太生氣、太生氣了，忍無可忍，頭也不回地關上了門。明天之後該怎麼辦？她思考著這個問題，思考著自己真的變成行屍走肉的人生，咬緊牙關，瞪著眼前的天空。

□

那就告訴父母，和谷嵜的合約中止了。

成為他幽靈寫手的合約是秘密，沒有告訴編輯部，所以和他之間的合作就到此結束了。

父母的事還好解決，問題在於如何處理線上沙龍的問題。

紡太害怕了，不太敢打開社群網站和線上沙龍的網站。因為紡完全沒有發表任何聲明，所以沙龍的荒廢也成為定局。有幾個斷定紡是冒牌貨的人正在討論，是否有辦法從紡的帳號查出她的身分。看到他們正在討論要採取法律行動，紡覺得全身的血好像都被人從腳尖抽走。

該來的終究躲不過，到時候就負起責任，放棄谷嵜 Reo 這個角色。她原本這麼想，但現在才終於知道，這只是自己樂觀的一廂情願，紡曾經假冒谷嵜 Reo，已經不是她說放棄就可以放棄的問題。

她認為那些會員可能會要求她還錢，如果除此以外，他們還要報警——

她不想再繼續看下去，太可怕了。但是，她又很好奇他們懲罰自己的「協商」進行到什麼程度，所以每天都會去看一次，這簡直就是自戕行為。她很窩囊地點了進去，沒想到——

有一則傳給紡的私訊。

最近所有會員都熱衷於討論該如何懲罰紡，完全把紡晾在一旁。紡一看到傳私訊的人的名字，心臟因為驚嚇噗通跳了一下。是莫克傳來的訊息，主旨是『原來是這樣』。

紡也一直沒有回覆莫克傳來的訊息。她心驚膽戰地點開了私訊，上面寫了以下的內容。

『剛才看到了《金鐘》編輯部發出的官方道歉，原來是這樣。原來谷嵜老師（雖然我不知道現在是否還可以這麼叫妳）雖然有很多話想說，卻無法說出口，我相信妳的處境也很痛苦。

妳已經決定要解散沙龍了嗎？雖然很遺憾，但很感謝妳之前傳達了谷嵜老師的話，很感謝妳的指導，也請代我向谷嵜老師問候。』

官方道歉？

紡在拉上窗簾，只開了檯燈的昏暗房間內，急急忙忙打開了《金鐘》編輯部的網站，和之前在公布停止繼續連載《紺碧萬花筒》時一樣，在「最新消息」欄內，出現了最新內容。她瞪大了眼睛。

她看到上面寫著谷嵜 Reo 的道歉，急忙點開了內容。

『日前，本網站公布了將停止連載《紺碧萬花筒》的消息，收到了原作者谷嵜 Reo 的道歉信。編輯部也為造成廣大讀者的擔心和困擾，再次表達歉意。

【谷嵜 Reo 的道歉文】

因為我的膚淺和思慮不周，引發了這次的事，給相關人員帶來了莫大的困擾，非常抱歉。我的行為造成自己熱愛的作品停止連載，謹在此由衷地向廣大讀者、編輯部人員，以及負責作畫的幸森泉琉老師，和事件的被害人道歉。

關於少數人參加的線上沙龍的創作講座，是我拜託代理人所主辦，我對連載和講座以這種方式落幕深感遺憾。

謹在此向各位致歉。對不起。

谷嵜 Reo』

谷嵜親手寫了道歉信。

他的字很醜。看到他這麼醜的字，紡忍不住想，還是由我來當谷嵜 Reo 比較好，道歉的措詞也只是一些了無新意的文句，但是——

紡不由得思考，他這麼做到底有什麼目的？

道歉信中提到了紡的沙龍，說是他請代理人舉辦的。

紡打開了自己線上沙龍的網站，除了莫克剛才傳的私訊，還有其他的訊息，全都是看了道歉信後所寫的內容。原來是這樣——谷嵜老師提到請人代理，所以妳只是受他的委託——所以是谷嵜老師本人看了我的作品嗎？事到如今，有點不知道該不該為這件事感到高興——我終於釋懷了——

紡茫然地看著這些訊息，一直是「非官方」的沙龍以這種意想不到的方式，第一次被認定是「官方」沙龍了。

她離開了沙龍的頁面，看了其他的新聞網站。網友對谷嵜的官方道歉信並不買帳，他們認為制式的道歉信缺乏誠意，感受不到對負責作畫的幸森的關心，最該向內衣褲被偷的被害人道歉，卻完全感受不到誠意——

紡內心七上八下，呼吸變得急促起來，自己為什麼會感到如此不安？

谷嵜提到了沙龍，說是「代理」。

得救了。雖然谷嵜救了紡，但谷嵜希望藉由這封道歉信救紡一把嗎？他覺得自己做了一件好事嗎？

她想起今天離開谷嵜家時，他對自己說「謝謝」，他還說「以我目前的處境說這種話有點那個」。如果在他的劇本中，認為原諒紡的沙龍問題是他的贖罪行為之一，紡就覺得很不甘心。

雖然她覺得自己太不領情，但內心深處仍然有莫名的不安。她也搞不懂其中的原因，但是——

其實她一直很在意之前在谷嵜家看到寫了「CAMP」的紙箱。如果裡面真的是露營商品。現在根本沒有人會和你一起去露營吧？即使發生了那種事件，仍然覺得搬家很麻煩的人，這麼缺乏社會性的人，到底能去哪裡？

她突然想到一件事，從椅子上站了起來。

她衝出家門，在廚房準備晚餐的媽媽正在炸可樂餅，爸爸正在飄著油炸香氣的客廳看報紙，她對著爸爸大聲說：

「爸爸，快去開車。」

「啊？」

爸爸驚訝地看著紡，紡繼續對他大叫：

「車子啊！快去開車！」

我沒有錢。

我也沒有毅力和勇氣持續向自己的夢想邁進。無論做什麼工作，都無法做太久，是學費和生活都需要仰賴父母的兒童房大齡女子。即使想要趕過去，也沒有自己的車子。既然這樣，那就徹底依靠父母。

「快去開車！」紡再次大叫著。

「怎麼了？」媽媽聽到紡的大叫聲，拿著長筷子從廚房走了出來，「紡，妳怎麼了？為什麼神色這麼緊張？」

「車子送去驗車了。」

紡聽到爸爸慢條斯理的回答，立刻衝出了家門。轉頭看向側面，就可以看到即將點燈的天空樹，她急急忙忙穿好鞋子，騎上腳踏車，然後用力踩下踏板，朝向前方拚命踩踏，一個勁地踩踏，持續踩踏。「紡！」她聽到爸媽的叫聲，但沒有回頭。

暮色蒼茫，全家人共同使用的淑女車速度很慢，很不中用，她都快哭出來了。但是、但是、但是──

自己並沒有義務，他和我根本沒有任何關係，而且還做了令人無法尊敬的事。但是，他太多管閒事了。我的問題是我的問題，我自己會想辦法解決，我甚至可以去自首，他──

怎麼可以讓你做的事成為「佳話」？

她拚命踩著腳踏車，經過架在河上的橋。一旦來到這裡，無論從任何角度都可以看到巨大的天空樹。

她滿身大汗，頭髮也亂了，腦海中突然響起媽媽的聲音。都三十六歲了──無法像大家一樣結婚──做夢也沒想到自己的女兒竟然會變成這樣──照理說妳的名字很適合編故事──媽媽一直相信妳可以成為這樣的人──我的本名怜王，是因為我爸爸很愛手塚──

「……是、什麼……？」

在沙龍的實體見面會時，他說話太小聲，紡沒有聽到，所以問了一聲：「啊？」

他一臉苦惱的表情抬起頭，雙眼很紅，布滿血絲。紡看到他那雙好像在求助般注視自己的眼睛，覺得無法無視他，想要認真面對他。

——妳剛才提到，有些內容不刻意描寫，反而更能夠呈現出來，比方說是哪個部分？就是剛才最後提到的。

喔喔喔喔喔。紡在騎腳踏車的同時，嘴裡發出了好像地鳴般的叫聲。她不知道自己是基於什麼樣的感情發出這種聲音，叫了一陣子之後，她不想浪費力氣發出聲音，咬緊牙關，屏住呼吸。橋的欄杆外，河面反射著夕陽。美得有點不自然的橘色夕陽持續占據她的整個視野。

她終於來到了谷嵜 Reo 的公寓。

這麼急急忙忙趕來這裡，如果什麼事都沒發生，那真是笑死人了——她這麼想著。她還沒有完全失去冷靜，還能想到這種事，但是，她的肩膀起伏，用盡全身力氣大力呼吸，喘著粗氣，跳下腳踏車，抬頭看向前方。暮色中的公寓，只有二樓谷嵜的房間黑漆漆的，其他房間都亮著燈，只有他房間的窗戶沒有燈光。

「谷嵜先生！」

她衝上樓梯，不顧一切地敲著門，也許該叫向井先生，但她仍然不停地叫著：

「谷嵜先生、谷嵜先生、谷嵜先生！」

她用力敲著手，拳頭幾乎都麻木了。公寓的其他住戶似乎發現了紡，因為那起事件的關係，左鄰右舍應該知道他的真實身分，可能以為紡是他的狂熱粉絲，但是——

紡隱約聞到了好像汽油般難聞的臭味。

紡察覺到這件事後大叫起來，即使自己搞錯了也沒關係。

「救人啊！」

公寓的其他住戶和附近的鄰居都走出了家門，紡繼續叫著：「救人啊！他應該試圖自殺！」

即使搞錯了也沒關係，即使是自己想太多也沒關係。但是，如果那個寫了CAMP的箱子裡裝的是煤炭呢？他不可能去露營，如果不是去露營，卻訂了煤炭呢？

紡低下頭，看到不知道哪一戶人家放在走廊上的鮮花盆栽。她毫不猶豫地拿起花盆，連同鮮花一起舉了起來，丟向門旁谷嵜家的窗戶。呼噹。一聲巨響，玻璃砸破了，薄煙就像有生命般從屋內飄了出來。

啊啊——紡閉上眼睛，咬著嘴唇。

「谷嵜先生，你不可以死！」

她不顧一切地把手伸進打破的窗戶，轉動了窗鎖，但無法順利打開窗戶。當她察覺到是因為窗戶邊緣貼了膠帶，讓室內處於密閉狀態的瞬間，忍不住大叫著：「也未免太認真了！」雖然她害怕得發抖，但內心的憤怒更強烈。

「傻瓜！」她大叫著，拚命大叫著。

「傻瓜，不要死！如果你死了，我就殺了！我真的會殺了你！」

「小姐，讓一下。」

不知道什麼時候聚集的住戶中，有一個身材魁梧的男人把紡推到一旁。他用身體撞門，用腳踹門。中途又有其他人加入，好幾個人持續用身體撞門。紡仍然大叫著。我不准許你去死。如果你死了，我就殺了你。她不停地叫著這些自相矛盾的話。

門被撞破了，難聞的臭味一下子撲向門外。站在門前的那幾個男人都皺起了眉頭，紡經過他們身旁，毫不猶豫地走進屋內。屋內還有像白色煙靄般淡淡的煙，但整個房間內都是煙。她捂住口鼻，對著門外的人大喊：

「打開窗戶，把膠帶撕下來！」

她繼續走進去，一進房間，就看到一雙不健康的腳伸在門口的榻榻米上，又細又白的小腿上有很多腿毛，一看就知道沒什麼曬太陽。臉色蒼白的谷嵜臉朝上倒在地上，他的臉被頭髮遮住了，雙手握在胸前，乾瘦的手的皮膚下，可以看到骨骼和血管。

紡一把抓住他的胸口，用力把他拉起來。她一個勁地拉著，她想要打他，但他身體的重量反而讓紡的手臂被拉了過去。谷嵜的身體很重，太沉重了。啊啊，他的身體沒有力氣了，他的身體已經沒有生命力了。

紡咬緊牙關大喊著：

「不要死！不要死！不要死！如果你死了，我就殺了你，這根本不是什麼佳話！」

紡一鬆手，谷嵜的身體立刻滑落在榻榻米上。紡把手放在他心臟的位置，感受不到心跳，放在他胸口的手掌完全感受不到心跳。

有什麼關係嘛——她這麼想。一邊想，一邊流下了眼淚。有什麼關係嘛，你要繼續活下去。這下子完蛋了。這句話在耳邊響起。完蛋了，谷嵜 Reo 完蛋了。我也曾經這麼想。谷嵜 Reo 完蛋了。

但是，發生這起事件之後，人生仍然要繼續。雖然結束很輕鬆，雖然很不甘心，但是要繼續下去。

紡沒有一絲猶豫，她不知道自己為什麼不由自主地採取了行動。她把手放在谷嵜胸口正中央，雙手的手掌交叉後疊在一起，用盡全身的力氣往下壓。施力點在手掌的根部，每分鐘要壓一百二十次，深度是五公分。你不要死。她帶著憤怒和祈禱持續按著他的胸口。啊，幸虧《滿月高地》中有救護員篇，幸虧我為了那本漫畫，用功讀了很多資料。

「傻瓜，不要死！」

一次、兩次、三次、四次、五次、六次，垂直而快速，毫不間斷地按了三十次。接著觀察他的胸口，他仍然沒有恢復呼吸。紡又重複剛才的步驟，一次、兩次、三次、四次、五次、六次。

風吹在紡滿是汗水的臉上，剛才和她一起進屋的人打開了窗戶，她聽到有人大叫「救護車！」「已經叫了！」的聲音。

她感受到風吹去的方向有藍光。即使不看那個方向，她也知道那是什麼光，那是谷嵜 Reo 曾經期待落成後可以看到的光。原來只要打開他家的窗戶，就可以看到——

紡按壓他的胸口，拚命地按壓。

她的手臂已經失去了感覺，她繼續按壓，背後傳來一個聲音說：「換我吧。」

就在這個瞬間。

噗通。紡的掌心感受到輕微的跳動。

作者獨家專訪

騙人者和被騙者的心理探索

「十年前，我在短篇小說集《沒有鑰匙的夢》裡寫到關於偷竊、縱火、殺人、綁架等犯罪故事，不過當時讓我感到遺憾的是，這些故事都沒有涉及『詐騙』。這一次，我終於能以『詐騙』作為小說的題材了。」

正如辻村老師所述，這本中篇小說集裡包含了以「詐騙」為主題的三個故事，可說是直木獎獲獎作品《沒有鑰匙的夢》的姊妹作。第一篇故事〈2020年的戀情詐騙〉呼應了居家防疫期間的社會景況，當時有報導指出，在日本社會首次經歷的這場疫情中，發生了不少犯罪事件，那就像是藏在人心裡的不安和欲望忽然間爆發出來一樣，與此同時，上當、受騙的被害者也不斷增加。

耀太滿懷期待來到東京，開始了他的大學生活，但因為新冠疫情的發生導致學校停課，他開始變得無所事事，也交不到朋友，他的父母雖然在山形經營一家定食餐廳，卻曾委婉地勸他不要回鄉。無法忍受孤獨的他，開始投入了一項兼職工作——用假資料與他人進行交流。但當他知道這根本是一種詐騙行為，並開始引誘對方提供金錢時，就已經無法回頭了……

書裡有這麼一句話：「這些人都會自己做夢。」辻村老師提到：「在寫作的過程中意識到，詐騙是一種巧妙利用人類的想望與不安的犯罪行為，這讓我想從不同的角度來撰寫更多關於詐騙的故事。」

〈第五年的入學考試詐騙〉是關於一個母親在兒子中學入學考試中，被暗示可以透過不正當的手段入學，她隱藏了這個秘密，但也深感內疚，而在一通電話的推波助瀾之下，她的內疚終究還是被揭露了出來。而〈名人沙龍詐騙〉講述的是一名深受歡迎的漫畫原著作家，因為開設了沙龍講座，開始吸引熱情粉絲的關注，但最後卻因為「一則新聞」的曝光，讓主辦者陷入了前所未有的困境。這兩篇故事的詐騙手法、涉及的金額設定上都非常巧妙，而且也都可能在現實生活中發生。

「在考慮反映現實情況的詐騙手法時，我自己也感受到了一種『被逼迫』的感覺，並開始想像：『如果自己也陷入這樣的境地時會怎麼做？』例如像『沙龍詐騙』這樣的故事，如果有人冒用我的名字去舉辦沙龍或講座，我可能會出於好奇去參加。這都是從內心些微的憧憬和一個想望，開始讓謊言慢慢堆積起來的，而我想描繪的就是它們瓦解的瞬間。加害者和被害者其實都擁有無法輕易忽視的想望與困惑，雖然這一系列作品都是在描寫犯罪，但主角們面對的結局，卻也透露出一絲希望之光。」

「近年來，我感覺到不寬恕失敗者的風潮越來越強烈。因此，我希望在故事中保留一種可以重新開始的眼光。或許是因為我已經到達了一個年齡，在這個年齡上我能夠實際體會到人生的複雜性，無法對善惡做出斷然的判斷。然而，我也很好奇，如果我以十年前那種毫不猶豫的感性來寫一篇關於詐騙的小說，會變成怎樣的作品。所以，無論是以哪種角度，我都想再次挑戰詐騙。」

——收錄自文藝春秋《ALL讀物》二〇二二年九、十月合併號

國家圖書館出版品預行編目資料

謊言疊疊樂／辻村深月 著；王蘊潔 譯--初版.--
臺北市：皇冠, 2023.09
面；公分. --（皇冠叢書；第5114種）（大賞；151）
譯自：嘘つきジェンガ

ISBN 978-957-33-4063-8（平裝）

861.57　　　112012701

皇冠叢書第5114種
大賞｜151

謊言疊疊樂

嘘つきジェンガ

作　　者—辻村深月
譯　　者—王蘊潔
發 行 人—平　雲
出版發行—皇冠文化出版有限公司
台北市敦化北路120巷50號
電話◎02-27168888
郵撥帳號◎15261516號
皇冠出版社（香港）有限公司
香港銅鑼灣道180號百樂商業中心
19字樓1903室
電話◎2529-1778　傳真◎2527-0904
總 編 輯—許婷婷
責任編輯—蔡維鋼
美術設計—鄭婷之、李偉涵
行銷企劃—蕭采芹
著作完成日期—2022年
初版一刷日期—2023年9月

法律顧問—王惠光律師
有著作權．翻印必究
如有破損或裝訂錯誤，請寄回本社更換
讀者服務傳真專線◎02-27150507
電腦編號◎506151
ISBN◎978-957-33-4063-8
Printed in Taiwan
本書定價◎新台幣380元／港幣127元